Liberty

Georges Simenon

Bar

論創海外ミステリ
Ronso Kaigai MYSTERY
140

紺碧海岸のメグレ

ジョルジュ・シムノン

佐藤絵里 ◯ 訳

論創社

Liberty Bar
1932
by Georges Simenon

目次

主要登場人物

ウィリアム・ブラウン……殺されたオーストラリア人
ハリー・ブラウン……………ウィリアムの息子
ジーナ・マルティニ…………ウィリアムの愛人
マルティニ夫人………………ジーナの母親
ジャジャ………………………〈リバティ・バー〉の女主人
ヤン……………………………スウェーデン人の船員。〈リバティ・バー〉の客
シルヴィ………………………若い娼婦
ジョゼフ………………………シルヴィの恋人
ブティーグ……………………アンティーブの刑事
メグレ…………………………パリ司法警察局の警視

紺碧海岸のメグレ

第一章　死者と二人の女

ヴァカンスを感じさせる幕開けだった。メグレが列車を降りると、アンティーブ駅舎の半分ほどはまぶしい日射しを浴び、人々の姿は動き回る影のようにしか見えなかった。麦わら帽子をかぶり、白いズボンをはき、テニスラケットを手にした影たち。ざわついた空気。椰子とサボテンがホーム沿いに植えられ、ランプ保管庫の向こうに青い海が広がる。

すぐに誰かが駆け寄ってきた。

「メグレ警視でいらっしゃいますね？　新聞で写真を拝見していたので、わかりました……。刑事のブティーグと申します」

ブティーグ！　何とも滑稽な名だ！　ブティーグは素早くメグレの荷物を持つと、先に立って地下道へ下りていく。光沢のあるグレーのスーツを着込み、襟のボタンホールには赤いカーネーションを挿し、羅紗の靴をはいている。

「アンティーブは初めてですか？」

メグレは汗を拭い、人混みを縫って追い越していく案内人の後を懸命に追った。やがて、一台の辻馬車の前に着いた。クリーム色の幌にぐるりとつけた小房が揺れている。

またもや、忘れていた感覚が蘇る。スプリングの軋み、御者が鞭をくれる音、軟らかくなったアスファルトを踏む木靴の鈍い響き……。

「まずは何か飲みましょう。まあまあ！　いいじゃないですか！　カフェ・グラシエ《氷河》へやってくれ……」

カフェは目と鼻の先だった。ブティーグが説明する。

「ここがマセ広場（現在はド・ゴール広場と改称）。アンティーブの中心です」

辻公園のあるきれいな広場だ。どの家にもクリーム色かオレンジ色の日除けがついている。仕方なくテラスに座り、アニス酒を飲んだ。正面のショーウィンドウには、スポーツウェア、水着、ビーチガウンが所狭しと飾られている。左はカメラ店……。歩道に沿って高級車が何台も停まっている。

つまり、ヴァカンスの雰囲気だ！

「まずは容疑者に会いますか？　それとも犯行が行われた家へ行きましょうか？」

メグレは何を飲むか訊かれたときと同じく、よくわからないままに答えた。

「家のほうへ……」

ヴァカンスの雰囲気は続く。メグレは刑事が勧めた葉巻を吸った。馬車は海岸沿いを走っている。右手には松のあいだから別荘《ヴィラ》が見え隠れする。左手には岩が続き、そして、青い海原に白い帆が点々と浮かんでいる。

「地理はおわかりですか？　後ろがアンティーブ……。ここからアンティーブ岬が始まって、別荘ばかりになります。極めつけの豪邸ばかりですよ」

メグレはひたすら相槌を打つだけだった。頭にたっぷり陽光を浴びているせいで、くらくらした。目を細めてブティーグの真っ赤な花を見る。

「ブティーグ君と言ったね」

「ええ、ニース出身……というよりニース人ですね！」

つまり、生粋の、本物の、正真正銘のニースっ子というわけだ！

「頭を少し下げてみてください！　白い別荘が見えるでしょう？　あそこです……」

頭を下げなくても、それは自然と目に入った。まだ仕事の気分になれず、犯行現場に来ているという実感もない。

実は、メグレはいささか特殊な指令を受けていた。

『ブラウンという男がアンティーブ岬で殺された。新聞が書き立てている。あまり波風を立てたくないんだ！』

『了解！』

『ブラウンは戦争中、軍情報部で仕事をしていたからな！』

『重ねて了解！』

到着だ！　馬車が止まる。ブティーグが小さな鍵をポケットから出し、鉄格子の門を開け、砂利を踏んで敷地に入る。

「ここは岬の別荘では最もお粗末な部類ですよ！」

そうは言っても、なかなかの構えだ。ミモザの甘い香りが辺りに満ちている。小ぶりな木に金色のオレンジがいくつか残っている。メグレが見たこともない奇妙な花々もあった。

「向かいはマハラジャの屋敷です……今、滞在中のはずですよ……。左に五百メートル行けば、アカデミー会員の学者の別荘。それから、例のダンサーがイギリス貴族と一緒に滞在している別荘……」

ほう！　それは結構！　メグレは家の脇に置かれたベンチに座って一時間ほどまどろみたかった。なにしろ夜通し列車に揺られてきたのだ。

「思いつくまま要点をご説明しましょう」

ブティーグが扉を開け、二人はひんやりした玄関に入って行く。海を臨む見晴らし窓がある。

「ブラウンは十年ほど前からここに住んでいます」

「仕事は？」

「何もしていません。不労所得があったようです。『ブラウンと二人の奥さん』と皆が呼んでいました」

「二人？」

「娘のほうが彼の愛人です。ジーナ・マルティニといいます……」

「留置されているのか？」

「ええ、母親も……。三人で暮らして、使用人はいませんでした」

さもありなん。家の中はあまり清潔とは言えない。美しい物、価値ある家具、かつて栄華を誇った品もいくらかはあるのかもしれないが。

すべてが汚れ、散らかっていた。絨毯や、引っ掛けたりソファに広げたりした布類が多すぎ、埃まみれの物が多すぎた……。

「さて、事実関係はこうです。家のすぐ横にブラウンの車庫があります……。彼は旧式の自動車をそこに置き、自分で運転していました……。おもにアンティーブの市場への買い物に使っていました……」

「なるほど……」メグレはため息まじりにつぶやく。割った葦で透明な水の底をつついて雲丹《うに》を探す漁師を眺める。

「さて、その自動車が三日間、昼も夜も道に停めたままになっているのが目撃されています……。ここは他人のことに構わない土地柄です……。ですから、誰も気に留めませんでした。月曜日の夕方に……」

「ちょっと待って！　今日は木曜だね？　それで？」

「月曜の夕方、肉屋が小型トラックで通りかかり、自動車が発進するのを見ました。彼の供述は後でお読みください。肉屋は後ろから見ていました……。最初はブラウンが酔っていると思ったそうです。ひどい急ハンドルを切っていたので……それから、車はちょっと真っ直ぐに走りました。真っ直ぐすぎて、ここから三百メートル先でカーブにさしかかると、岩に正面衝突……。肉屋が近づくより先に二人の女が車を降り、エンジン音を聞いて、街に向かって駆け出しました……」

「荷物を持っていたのかね？」

「スーツケースを三個。黄昏時でした……。肉屋はどうしていいかわからず……ここへ来て、それからマセ広場まで行きました。ご覧になればわかりますが、常時、警官が立っていますから。警官はさっそく二人の捜索にかかり、結局、アンティーブ駅ではなく、三キロ先のゴルフ・ジュアン駅に向かっているところを発見しました」

「スーツケースは持ったまま？」

「一つは途中で捨てていました。それは昨日、御柳《ぎょりゅう》の茂みで見つかりました。二人は動揺していました。リヨンへ親戚の女性を見舞いに行くところとの説明でしたが……。警官が思いついてスーツケースを開けさせると、無記名証券類一式と、百フラン札が数枚、あとは雑多な物が入っていました。野次馬が集まってきました……。ちょうどアペリティフ（食前酒）の時間でしたから……。大勢が外にいて、警察署まで、それから留置場まで、二人について行きましたよ」

「別荘の捜索は？」

「翌日、朝一番に行いました。最初は何も見つかりませんでした。女たちは二人とも、ブラウンがどうなったか知らないと言い張ったもので。結局、昼近くに庭師が、土が掘り起こされていたのに気づきました。五センチも掘らないうちに、ブラウンの遺体が、服を全部着たままで見つかったのです」

「女たち二人は?」

「供述を翻しました。それによると、三日前、自動車が停まるのを見て、驚いたそうです。ブラウンが車を車庫に入れなかったから……。彼はよろめきながら庭を横切りました。ジーナは窓越しに彼をののしったそうです、彼が酔っていると思って……。ブラウンは玄関前の石段で倒れ……」

「死んだ、というわけか!」

「ただ死んだんじゃありません! 後ろからナイフで一突きされていたそうです、ちょうど肩甲骨のあいだを……」

「それで、女たちは三日間、家の中で彼と過ごしたのか?」

「そうです! 筋の通る理由は一つも挙げません! ブラウンは警察とか、それに類するものを毛嫌いしていたからだと、二人とも言い張るんです」

「二人で彼を土に埋め、金と貴重品を持って出発したわけか! 車が三日間、路上にあったのはわかる……運転がろくにできないジーナが車庫入れを躊躇したのだ……。そうだ! 車内に血はついていたか?」

「血はついていません! 自分たちが拭き取ったと、二人とも断言しています」

「そんなところか?」

「そんなところです! 二人ともかんかんですよ。釈放しろって……」

外で馬車の馬がいななないた。メグレは葉巻を捨てるのを遠慮しつつも、最後まで吸う気にもなれないでいた。

「ウイスキーはいかがです？」ブティーグが酒のキャビネットに気づいて言った。

いやはや、悲劇があった場所とは思えない！　事件を真剣に受け止めようと努めるが、無理だ。太陽のせいだろうか、それとも、ミモザか、オレンジか、水深三メートルの澄んだ海の底にいる雲丹をずっとあさっている漁師のせいだろうか？

「この家の鍵を預けてくれるかね？」

「もちろんです！　警視が捜査の指揮を執られる以上は……」

メグレが差し出されたウイスキーのグラスを空け、蓄音機の上のレコードを見て、ラジオのスイッチを反射的にひねると、こんな声が聞こえてきた。

「……小麦先物取引……十一月……」

そのとき、ラジオのすぐ後ろの写真に眼が留まり、近くで見ようと手に取った。

「この男かい？」

「そうです！　生前に会ったことはありませんが、顔には見覚えが……」

メグレはほんの少し苛立ってラジオを止めた。何かが引っかかる。好奇心？　それだけではない！

戸惑いを通り越した不快な感じ！　それまで、ブラウンはブラウンでしかなく、見知らぬ人間、いわば赤の他人で、いささか謎めいた状況で死んだ男だった。彼が生前何を考えていたかも、どんな性格だったかも、何に苦しんでいたかも、誰も気にしていなかった……。

この写真を眺め、メグレは困惑している。この男を知っているような気がするからだ……。会ったことがあるから知っているというのではなく……。

違う！　顔立ちは関係ない……。ふっくらした肉づきのいい顔はどちらかと言えば多血質、珍しい赤毛、唇の上で切りそろえたちょび髭、明るい色の大きな瞳……。

だが、全体の雰囲気、表情に、どこかメグレ自身を思わせるところがある。肩のかすかなすくめ方、穏やかすぎるほどの眼差し、好人物のようにも皮肉屋のようにも見える唇のしわ……。

ブラウンは、もう遺体ではなかった……。メグレがもっと知りたいと感じる男、興味をそそる男だ。

「ウイスキーを、もう少しいかがです？　なかなかいけますね……」

ブティーグは冗談を言っていた！　メグレが軽口に応じなくなり、ぼんやりと辺りを見回すと、ひどく驚いた顔をした。

「御者にも一杯やりましょうか？」

「いや！　帰ろう……」

「家の中を調べないんですか？」

「またにしよう！」

一人で来たときに！　そして、日射しで頭がぼうっとしなくなってから。街に戻る途中、メグレは無言で、ブティーグの言葉にも首を振って応じるだけだった。ブティーグのほうは自分のどこがいけないのだろうと自問した。

「旧市街が見えてきますよ。留置場は市場のすぐ近くです。でも、朝でないと……」

「お泊まりはどのホテルですか?」御者が振り向いて尋ねる。

「街中がよろしいですか?」ブティーグが訊く。

「ここでいいよ！　そのほうがやりやすい」

民宿のようなホテルが一軒、岬と街の中間にあった。

「今日の夕方は留置場にいらっしゃいませんか?」

「明日にしよう……」

「お迎えに上がりましょうか?　それはそうと、夕食後、ジュアン・レ・パンのカジノにいらっしゃりたければ、わたしが……」

「いや、結構。眠いんだ……」

眠くはなかった。だが、絶好調でもなかった。暑かった。汗をかいていた。海に面した部屋で、メグレは浴槽に湯を張ったが、気が変わって外に出た。パイプを噛み、両手をポケットに突っ込む。

通りがかりに食堂を覗くと、小さな白いテーブル、扇形にたたんでグラスに差し込まれたナプキン、ワインの瓶、ミネラルウォーターの瓶、そして、ほうきがけをしている女中の姿が見えた……。

「ブラウンは、背中をナイフで一突きされて死んだ。二人の女たちは、金を持って逃げようとした……」

すべてがまだ漠然としている。何気なく太陽を見ると、白い線のように見えるニースのプロムナード・デ・ザングレ（地中海沿いの海岸遊歩道。「イギリス人の散歩道」の意）近くの海にゆっくりと沈もうとしている。

それから、頂がまだ雪に覆われた山並みに目を移した。

「ニースは左方二十五キロメートル。カンヌは右方十二キロメートル……。後ろが山、前が海というわけだ」

メグレはもう、ブラウンとその女たちの別荘を中心とした世界をつくりあげていた。眩しい陽光、ミモザの香り、甘い花の香り、うるさく飛びまわる蠅、軟らかいアスファルトの上を滑る自動車の世界……。

アンティーブ中心部までの一キロメートル弱を歩く気力はない。メグレは宿泊先の〈オテル（フランス語で「ホテル」の意）・バコン〉に戻り、電話で留置場の所長を呼び出した。

「所長は休暇中です」

「副所長は？」

「副所長はいません。今はわたし一人です」

「なるほど！　後で二人の容疑者を別荘に連れてきてくれ」

電話の向こうの看守も、太陽にやられたに違いない。あるいはアニス酒を飲んでいたか？　手続きに必要な書類を求めるのも忘れている。

「分かりました！　もちろん、留置場へ送り帰してくれるのでしょうね？」

メグレはあくびをし、伸びをして、パイプに新しい葉煙草を詰めた。そういえば、パイプの味もいつもとは違う。

「ブラウンは殺され、二人の女が……」

ゆっくりと別荘の方へ歩き出す。自動車が岩にぶつかった場所をまた見た。笑いそうになった。いかにも運転初心者が起こしがちな事故だからだ。ジグザグ走行を何度か繰り返し、ようやく真っ直ぐに走る……。そして、いったん真っ直ぐ走り出すと、曲がることができない……。

辺りは薄暗く、後ろから肉屋が現れた……。二人の女は重すぎるスーツケースを持って駆け出し、途中で一個を諦めた……。

運転手つきのリムジンが通りかかる。後部座席にアジア系の顔が見える。きっとマハラジャだろう。海は赤と青で、その間《あわい》にオレンジ色が広がる……。電灯がともるが、光はまだぼんやりとしている……。

そうした広大な背景の中、メグレは一人で別荘の鉄格子の門に向かい、まるで家の主人が帰ってきたかのように鍵を差して回し、門を半開きにしたまま、玄関前の石段を上った。木々は鳥でいっぱいだ。玄関の扉が軋む。ブラウンには聞き慣れた音だったろう。

戸口に立って、室内の匂いを分析してみる。どの家にも特有の匂いがあるからだ……。ここの匂いのもとは何よりも、かなりきつい香水で、おそらくムスク（麝香）だろう……。それに、冷えた葉巻の残り香……。

照明のスイッチをひねり、居間に行ってラジオと蓄音機のそばに座る。ここがブラウンの席だったに違いない。いちばんくたびれた肘掛け椅子だからだ。

「ブラウンは殺され、二人の女が……」

明かりは薄暗かったが、フロアランプがコンセントにつながっているのに気づいた。巨大なピンク色の絹のシェードがかけられている。フロアランプをつけたとたん、部屋に命が吹き込まれた。

「戦争中は軍情報部の仕事をしていた……」

それは知れ渡っている。だから、列車の中で読んだ地元の新聞はこの事件を書き立てていた。一般大衆にとって、スパイは謎めいた別格の存在だ。

そのため、新聞にはこんな馬鹿げた見出しが躍っていた。

国際的事件

第二のコシウポフ事件か？

スパイの悲劇

新聞記者たちは、軍情報部はもとより、全ロシア非常委員会《チェカ》（一九一七年にボルシェビキ政権が設置した秘密警察）の手口も知っている。

何かが足りない気がして、メグレはあたりを見回した。そうだ。寒さの原因は大きな見晴らし窓で、その向こうには夜の帳《とばり》が下りていた。カーテンがあったので、それを引いた。

「これでよし！　この安楽椅子に女性が座って、縫い物をしていたらしい……」

小さなテーブルの上に、刺繍の布がある。

「もう一人はあっちの隅だ……」

その隅には一冊の本、『ルドルフ・ヴァレンティノの恋愛遍歴』があった……。

「あと、足りないのはジーナと母親だけだ……」

海岸の岩に打ち寄せる波の音は、注意しなければ聞きとれない。メグレはあらためて写真を見た。ニースの写真技師の署名がある。

（波風を立てるな！）

つまり、できるだけ早く真相を突き止め、新聞記者や世間のたわごとを封じ込めろということだ。庭の砂利を踏む音がした。玄関のベルが鳴る。ひどく低い、心をそそる音だ。扉を開けると、二人の女のシルエットの脇に警察帽《ケピ》をかぶった男が見分けられた。

「きみは帰っていい……ご婦人たちは引き受けた。奥様方、どうぞ中へ！」

メグレが二人を迎える格好だ。彼女たちの顔の造作は、まだよく見えない。ただ、ムスクの香りが鼻を突いた。

「ようやくわかっていただけた、そう思いたいところですわ……」かすかにしゃがれた声が言う。

「もちろんです！　さあ、中へ……。楽になさってください」

二人は明るい部屋へ入ってきた。母親の顔はしわだらけで、白粉《おしろい》を厚塗りしている。居間の真ん中に立ち、何もなくなっていないか確かめるかのように、周囲を見回す。

もう一人はもっと慎重にメグレを観察し、ワンピースのひだを直すと、媚を売るように微笑を浮かべた。

「パリから派遣されていらしたというのは、本当ですの？」

「コートを脱いで……。いつもどおりに掛けてください」

二人ともまだ戸惑っている。自宅にいるのに、くつろげない。罠をおそれているのだ。

「三人で話しましょう」

「何かわかりましたの？」

そう言ったのは娘のほうで、母親は威丈高に言い放った。

「気をつけなさい、ジーナ！」

実のところ、メグレはまだ自分の役割を真に受けられなかった。年かさの女のほうの顔は化粧の甲斐もなく、目も当てられない。

娘のほうはふくよかと言うより、いささか肉づきがよすぎるが、地味な絹のワンピースに包まれた肢体は均整がとれている。自分では宿命の女《ファムファタール》のつもりらしい。

そのうえ、この匂い！　ムスクがあらためて部屋の空気に充満している！

小劇場の管理人室を思わせる匂いだ。

悲劇の要素がまったくない！　謎めいたところは皆無だ！　娘を見守りながら刺繍をする母親。映画スターの女性遍歴の本を読む娘。

ブラウンの肘掛け椅子にふたたび腰を下ろしたメグレは、無表情に彼女たちを眺め、やや戸惑いながら考える。

(ブラウンって男は十年ものあいだ、この二人の女といったい何をしていたんだ?)

十年! 長い日中、相も変わらぬ陽光、窓の下で揺れるミモザの芳香、青く広がる海。静かでいつ果てるともしれない夜、岩に寄せる波のかすかな音、安楽椅子に座る母親、ピンク色の絹のシェードをかけたランプの傍らの娘との十年……。

メグレが無意識にもてあそんでいるブラウンの写真は、いまいましくも彼自身に似ていた。

第二章　ブラウンの話をしてください……

「彼は夜、何をしていましたか?」

メグレは足を組み、年かさの女が懸命に上品ぶろうとするのをうんざりして眺める。

「あたくしたち、ほとんど外出はしませんでした。たいがい、娘は本を読み……」

「ブラウンの話をしてください!」

すると、母親はむっとして匙を投げた。

「何もしませんでしたわ!」

「ラジオを聞いていました」と、ジーナがため息まじりに、努めてさりげなく言った。「わたし、本物の音楽はとても好きですけれど、我慢がならないのは……」

「ブラウンの話をしてください。彼は健康でしたか?」

「あたくしの言うことを聞いていれば」母親が言った。「肝臓も腎臓も悪くせずにすんだのに……。男も四十の坂を越えると……」

メグレは、使い古された冗談を言うたびに吹き出すお調子者を相手にしているような顔で、聞いている。女たちはそれぞれに滑稽だった。年かさのほうは取り澄ましているせいで、若いほうは太めのオダリスク（トルコのハーレムの美女）を気取っているせいで。

「ブラウンはあの夜、自動車で戻ってきて、庭を抜け、玄関前の石段で倒れたとおっしゃいましたね……」

「ええ、まるでひどく酔っぱらっているみたいでした！　わたしは窓越しに、素面《しらふ》になってから帰って来てよ、と叫びました」

「酔って帰るのはしょっちゅうでしたか？」

　また年かさの女が口を開く。

「この十年、あたくしたちがどれほど辛抱したか、わかっていただければ……」

「酔って帰るのはしょっちゅうでしたか？」

「何日か家を空けて帰ってくるときは、たいてい酔っていました。あたくしたちは『お籠もり』と呼んでいました……」

「それで、その『お籠もり』をしょっちゅうしていたんですか？」

　メグレは嬉しくなり、思わず笑みを浮かべた。ブラウンは十年間、この女たちと終始、顔を突き合わせていたのではなかった！

「ほぼ毎月です」

「何日くらい続いたのです？」

「三日か四日、ときにはもっと長く……。帰ってくるといつも薄汚れていて、お酒をうんと飲んでいました」

「それでも、出かけるのをやめさせなかったのですか？」

沈黙が訪れる。年かさの女はひどく顔をこわばらせ、メグレをにらんだ。

「二人でかかれば、彼を説得できたのでは？」

「あの人はお金を取りに行く必要があったんです！」

「一緒に行くことはできなかったのですか？」

ジーナが身を起こした。うんざりした様子でため息をつき、こう言った。

「もうたくさん！　警視さん、本当のことをお話しましょう。わたしたち、結婚はしていませんでした。でも、ウィリアムはいつも妻として扱ってくれましたし、母まで引き取ってくれたのです……。世間では、わたしはブラウン夫人として通っていました……。そうでなければ、お断りですわ……」

「あたくしだって！」もう一人が念を押す。

「ただ、それでも、微妙なところがあって……。ウィリアムを悪く言いたくはありません。ただ一つだけ、彼が譲らなかったことがありました。お金の問題です……」

「彼は金持ちでしたか？」

「わかりません……」

「それで、あなたは彼の財産がどこにあるかも知らない？　だから、毎月、彼が資金調達に出かけるままにさせておいたのですか？」

「実を言えば、後をつけようとしたことはあります……。わたしにはそうする権利があるでしょう？　でも、あの人は用心深くて……。車で出かけたものですから……」

今やメグレは、完全にくつろいでいた。楽しみ始めてさえいた。この牝狐《めぎつね》二人と十年、一緒に暮らしながら、金の出所を隠し通したブラウンという男を見直した。

「一度にかなりの額を持ち帰ったのですか？」

「せいぜい一カ月食べて行けるだけのお金……二千フランほどです……。十五日から後は気をつけなくてはいけませんでした……」

そこが泣きどころだった！　そのことを考えるだけで、女たちは二人とも神経をとがらせたのだ！

なるほど！　金が底をつき始めると、女たちは気をもみながらウィリアムの様子をうかがい、じきに『お籠もり』を始めるのではないかと思ったのだ。

「ねえ？　そろそろ羽目を外しに行かないの？」と、彼に尋ねることもままならなかった。それとなくわからせようとしたのだろう！　たやすく想像がつく。

「ところで、誰が財布の紐を握っていたんですか？」

「母です……」ジーナが言った。

「お母さんが献立も決めていたのですか？」

「もちろん！　料理も母がしていました！　人を雇うほどお金がありませんから！」

それなら、どんな手口だったかわかる。金が尽きかけると、ブラウンにはひどく質素な食事が出されたのだろう。不平を言えば、「残っているお金で用意できるのは、これが精いっぱいよ！」

と、言い返される。

彼は後ろ髪を引かれながら出かけることもあったのだろうか？　それとも逆に、出発が待ち遠しかったのだろうか？

「彼はどんな時間を選んで出かけましたか？」

「あの人には時間なんかありません！　庭にいるか、車庫で忙しく車の掃除をしているかと思うと……、いきなりエンジンの音が聞こえるんです……」

「彼の後をつけようとしたんですね……タクシーですか？」

「三日間、タクシーをここから百メートルのところに停めさせていました。でも、アンティーブでさっそく、ウィリアムが小路に入り、まかれてしまって……。ただ、彼が車を置いていた場所は知っています……カンヌの自動車修理工場です。家を空けているあいだ、いつもそこに車を預けていました……」

「鉄道でパリかどこかへ行った可能性は？」

「それはあるかもしれません！」

「でも、このあたりにとどまっていた可能性もある？」

「それなら、誰かとばったり会ってもおかしくないはずだわ……」

「亡くなったのはお籠もりから帰ってきたときですね？」

「ええ……。出かけたのは、その七日前でした」

「彼は金を持っていましたか」

「いつもどおり、二千フラン持っていました」

「ちょっとあたくしの考えを言わせていただけますか？」母親が割り込んできた。「実はね！　ウィリアムには、もっと収入があったのかもしれませんよ……四千フランとか、五千フランとか……。残りは自分一人で使いたかったのではないかしら。あたくしたちには雀の涙ほどしかくれずに……」

メグレはブラウンの肘掛け椅子に心地よく身を沈めていた。取り調べを続けるにつれて、笑みが口元に浮かんでくる。

「彼は意地が悪かったんですか？」

「あの人が？　あんないい人はいませんでした……」

「ちょっと待ってください！　よろしければ、一日の過ごし方をおさらいしてみましょう。誰がいちばん早起きでしたか？」

「ウィリアムです。あの人はたいてい、玄関ホールのソファで寝ていました。まだ夜が明けきらないうちから、行ったり来たりする音が聞こえたので……わたし、口を酸っぱくして言ったんですよ……」

「すみません！　コーヒーは彼が淹れていたんですか？」

「ええ……。わたしたちが十時近くに下りてくると、こんろの上にコーヒーがありました……もう冷めていましたけれど」

「それで、ブラウンは？」

「ガサゴソやっていました。庭だったり……車庫だったり。座って海を見ていることもありました。市場の時間なので……車を出しました。もう一つ、どうしても聞き入れてくれなかったことがあります。市場に行く前の身支度です。あの人はいつも、上着の下はパジャマのまま、スリッパをはいて、髪に櫛も入れないんですから……。行き先はアンティーブです……彼は店の前で待っていました」

「家に帰ってから、着替えたのですか？」

「そうすることもあれば、しないこともありました！　四日も五日も体を洗わないことだって、ときどきありました」

「食事はどこで？」

「台所ですわ！　使用人がいないので、どの部屋も汚すわけにはいきませんもの……」

「午後は？」

わかりきったことだ！　女たちは昼寝をする。そして、五時頃になれば、ふたたびスリッパを引きずって家中を動き回る。

「けんかは多かったですか？」

「ほとんどしませんでした！　でも、何か言われると、ウィリアムは無礼にも黙りこくってしまうのです……」

メグレは笑わなかった。このブラウンという男に、すっかり親しみを感じ始めていた。

「さて、誰かが彼を殺しました……。事が起きたのは庭を横切っている最中だったのかもしれない。だが、あなたがたが車の中に血がついているのを見つけたそうですから……」

「嘘をついて、あたくしたちに何の得があると言うのです？」

「もちろんですとも！　ですから、彼は別の場所で殺された！　いや、負傷したのです！　そして、医者にも警察署にも行かず、ここに来て、事切れた……。遺体を家の中に運んだのですか？……」

「外に置いておくわけにはいかないでしょう！」

「では、なぜ通報しなかったかを話してください。それなりの理由があるとは信じますが……」

　年かさの女が立ち上がり、きっぱりと言った。

「ええ、ありますわ、警視さん！　その理由をお話ししましょう！　どっちみち、いずれ本当のことがわかるでしょうから！　ブラウンは昔、オーストラリアで結婚していました。彼はオーストラリア人ですから……。奥さんはまだ存命です。ずっと離婚を拒み続けて、事情も承知しているんです。今、あたくしたちが紺碧海岸《コートダジュール》きっての豪邸に住んでいないのは、奥さんのせいですよ……」

「会ったことがあるんですか？」

「奥さんはオーストラリアから出たことはありません。でもいろいろと手を回して、うまい具合に夫を保佐人（財産上の重要な法的行為に同意権を持つ人）に監督させたのです。この十年、あたくしたちがウィリアムと一緒に暮らし、彼の世話をし、彼を慰めてきたんですよ。あたくしたちのおかげで貯えも少しできて……。それなのに！　もし……」

「もし、ブラウン夫人が夫の死を知ったら、ここにあるものをすべて差し押さえさせる、というわけですな！」

「そのとおりですわ！　あたくしたちは丸裸で放り出されます！　それだけじゃありません！　あたくしだって、収入がないわけではありませんのよ！　主人は軍人でしたから、ささやかな年金をずっと受け取っています。ここの家財道具には、あたくしのものがかなりあるんです……。法律上の権利を盾に取って、奥さんはあたくしたちを身一つで追い出しかねません……」

「それで躊躇したのですな。三日間、遺体を前にして、損得勘定をした……。遺体はきっと、玄関ホールのソファに横たえたんでしょう」

「二日間ですよ！　二日目に埋めました……」

「あなた方二人でね！　それから、家にある貴重品をかき集めた……。実のところ、どこへ行くつもりだったのですか？」

「どこへでも！　ブリュッセルでも、ロンドンでも……」

「自動車の運転をしたことはありましたか？」メグレがジーナに尋ねた。

「いいえ、一度も！　でも、車庫の中で動かしたことはあります！」

まさに大奮闘だ！　庭に死体を埋め、重いスーツケースを三個持ち、急ハンドルを繰り返しての出発……。並大抵のことではない。

この雰囲気と、ムスクの匂いと、ランプシェードを通した赤っぽい光に、メグレは辟易し始めた。

「家の中をちょっと見せてもらっていいですか？」

女たちは落ち着きと品位を取り戻した。もしかしたら、メグレが物事をあまりに単純にとらえ、基本的にすべて自然な成り行きと受け取っている様子に、当惑さえしていたかもしれない。

「散らかっていますけれど、お許しくださいまし」

その散らかりようといったら！　そもそも、散らかっているどころではない！　不潔と言うのがふさわしい！　食べ残しと糞便とみずからの体臭の中で暮らす獣の巣穴さながらだが、これ見よがしに飾り立てたブルジョワ趣味の内装も目につく。

玄関ホールのコート掛けに、ウィリアム・ブラウンの古いコートがかかっている。メグレがポケットを探ると、使い古した手袋が一組、鍵が一個、カテキュー（薬用の植物エキス）入りドロップが一箱、入っていた。

「カテキューのドロップを愛用していたんですか？」

「お酒を飲んだ後、息の匂いであたくしたちに悟られないためにね！　ウイスキーは禁じていたんですよ。瓶はいつも隠してありました……」

コート掛けの上には、角を生やした鹿の頭の剝製が飾ってある。その向こうには籐製の小卓があり、銀製の名刺受けまで載っている。

「このコートを着ていたんですか？」

「いいえ！　着ていたのはレインコートです……」

食事室の鎧戸は閉まっており、そこは物置と化していた。ブラウンは釣りに熱中していたのか、オマール海老用の籠が床に置いてある。

その奥が台所だ。料理用ストーブには火が入れられた形跡がない。活用されているのはアルコールコンロだ。その近くに、ミネラルウォーターの空き瓶が五、六十本、立っている。

「ここの水は石灰分が多すぎて……」

階段のすり切れた絨毯は銅のバーで押さえられている。ジーナの寝室へは、ムスクの残り香をたどって行きさえすればよかった。

浴室も洗面所もついていない。整えられていないベッドの上には服が散乱している。ここで服を選び、いい物だけを持ち出したのだ。

メグレは母親の部屋に入るのはやめておいた。

「とても急いで出発したものですから……。こんなありさまで家の中をお見せして、お恥ずかしいですわ」

「また来ます」

「わたしたち、釈放されたんですか？」

「留置場には戻しません……。少なくとも、今のところは。でも、もしもアンティーブを離れようとすれば……」

「そんなこと、絶対にしませんわ！」

二人はメグレを玄関まで送った。母親は礼儀を思い出したようだった。

「葉巻はいかが、警視さん？」

のだろうか？

ジーナはさらに上手《うわて》だった！　これほど有力な男には取り入っておいたほうがいいと思った

「箱ごと差し上げますわ、ウィリアムは、もう吸えませんから……」

当たり前だ！　外に出たメグレは、酔ったようにふらふらした。笑いたくもあり、歯を噛みしめたくもあった。門を出て振り返ると、緑の中に佇むこの真っ白な別荘の印象は、初めて見たときとはまったく違っていた！

月が、ちょうど屋根の角に差しかかっている。右手に海がきらきらと輝き、ミモザの花の房が揺れている……。

メグレはコートを小脇に抱えていた。やりきれなさとおかしさが入り交じった何とも言えない印象にとらわれ、考えもせずに〈オテル・バコン〉に戻ってきた。

「ウィリアムのやつめ！」

かなり遅くなっていた。食堂はもう空っぽで、給仕の女が新聞を読みながら待っているだけだ。そのときになって、メグレは持ってきたのが自分のコートではなくブラウンのもので、垢じみて油とグリースの染みがついていることに気づいた。

左のポケットにはモンキーレンチ、右ポケットには一つかみの小銭と四角いチップがいくつも入っている。銅製で数字が刻印されたチップだ。

小さなバーのカウンターに置いてあるスロットマシン用のチップ。それが十個ほどあった。

「もしもし……こちら、ブティーグ刑事です。ホテルへお迎えに上がりましょうか？」

午前九時だった。メグレは六時から窓を開け、目の前に地中海が広がるのを感じつつ、うつらうつらと惰眠をむさぼっていた。

「何をしに？」

「遺体をご覧になりませんか？」

「ああ……いや……。午後にしよう。昼休みに電話してくれ……」

目を覚まさなくては。朝の空気の中で、昨日の話の現実感が薄れている。二人の女がおぼろげな悪夢のように思い出される。

彼女たちときたら、まだ起きてもいないのだ！　ブラウンが生きていれば、庭か車庫で何かをいじくっているだろう。一人っきりで！　洗面もせずに！　そして、冷めたコーヒーが火の消えたコンロの上に鎮座している。

髭を剃りながら、暖炉の上に置いたチップを見る。それらがこの一件にどんな意味を持つか思い出すのは一苦労だった。

「ブラウンは『お籠もり』に出かけ、殺された。車に乗る前か、車の中か、庭を抜けているときか、家の中で……」

左の頰のシャボンを剃り落としてから、つぶやいた。

「ブラウンがアンティーブの小さなビストロに通っていたはずはない。それなら、誰かがそう教えてくれるはずだ……」

それに、車を置いていた場所をジーナがカンヌで見つけるはずもない。

十五分ほどして、メグレはカンヌの警察に電話した。

「司法警察局のメグレです……。スロットマシンがあるバーの一覧をもらえませんか?」

「もうありませんよ！　スロットマシンは二カ月前に県知事の行政命令で禁止されました……。紺碧海岸《コートダジュール》ではもう見つかりませんよ……」

メグレはホテルの女主人に、どこでタクシーがつかまえられるか尋ねた。

「どちらへいらっしゃるんですか?」

「カンヌへ！」

「それなら、タクシーは必要ありませんよ。バスが三分ごとにマセ広場から出ていますから……」

そのとおりだった。マセ広場は朝の陽光の中、昨日よりもさらに賑やかだった。ブラウンもここを通って二人の女を市場に連れて行ったに違いない。

メグレはバスに乗った。三十分後にはカンヌに着き、教えられた自動車修理工場へ行けた。目抜き通りのクロワゼット大通りの近くだ。どこもかしこも白い。建ち並ぶ壮大な白亜のホテル！軒を連ねる白い店。白いズボン、白いワンピース。海には白い帆。

人生はミュージックホールの白と青の夢幻劇にすぎないように思えてくる。

「ブラウン氏が自動車を預けていたのはこちらかな?」

「やっぱり！」

「やっぱり、何だい？」

「面倒なことになってきやがった！　あいつが殺されたって聞いたときから、こうなるんじゃないかと思ってた……。ええ、ここですとも！　隠し立てすることなんか、何一つありません。あの人は夕方、ここに車を置きに来て、一週間か十日後に取りに来ました……」

「ぐでんぐでんに酔っぱらって？」

「そういう姿しか見たことがありませんね！」

「彼がここからどこへ行ったか、知らないかね？」

「いつ？　車を置いた後？　何にも知りません！」

「洗車や整備を頼まれたかい？」

「いいえ、まったく！　オイル交換も一年くらいしていなかったな」

「彼をどう思う？」

工場主は肩をすくめた。

「別に、何も！」

「変人だった？」

「この海岸には変人が多いから、慣れてますよ！　もう何とも思いません。そうそう！　つい昨日も、若いアメリカ娘が来て、白鳥の形の車体をつくってくれって……。金さえ払ってくれりゃ、つくりますよ！」

あとはスロットマシンだ！　メグレは港に近いとあるバーに入った。たむろしているのはヨットの船員ばかりだ。

「スロットマシンはないかね？」

「一カ月ほど前に禁止されました。でも、そのうち新型が入って、それも二、三カ月後には禁止されるでしょう……」

「もう、どこにもないのかな？」

店主は肯定も否定もしない。

「何を差し上げましょうか？」

メグレはベルモット（白ワインに香草やスパイスを加えた食前酒）を飲んだ。港に並ぶヨットを眺め、それから、船の名を刺繍した横縞模様のシャツを着た船員たちを眺めた。

「ブラウンを知らないかね？」

「どのブラウンですか？　殺された男？　ここには来ませんでしたね」

「行きつけの店はどこだった？」

さあね、という身振りをされた。店主はほかの客に給仕している。暑い。まだ三月だというのに、肌は汗ばみ、夏の匂いがする。

「彼の話をしているのを聞きましたが、誰だったかまでは、覚えていませんね！」瓶を片手に、店主が来て言った。

「それはあいにくだ。スロットマシンを探しているのだが……」

ブラウンはレインコートを着て『お籠もり』に出かけた。おそらく、家に戻れば必ず、二人の女はポケットを探っただろう。

ということは、チップは最後の『お籠もり』のときのものだ……。

何もかもが不明瞭で、つじつまが合わない。そのうえ、この太陽のせいで、メグレはほかの皆と同じように、テラスに座って、凪いだ海の上のほとんど動かない船を眺めていたかった。明るい色の路面電車。立派な自動車。クロワゼット通りと平行する商店街を見て、つぶやく。

「だが、ブラウンがカンヌでお籠もりをしていたにしても、ここではなさそうだ……」

メグレは歩いた。ときどき立ち止まってはバーに入る。ベルモットを飲み、スロットマシンの話をした。

「いたちごっこですよ！　三カ月ごとに一斉検挙。すると、今度は別の型を据えつけて、三カ月は平穏というわけです……」

「ブラウンを知らないかね？」

「殺された、あのブラウンですか？」

同じことの繰り返しだ。正午を過ぎた。陽光が街の真上から照りつける。メグレは、羽目を外したい旅行者のように巡査に近づいて尋ねたくなった。

「どのあたりに行けば遊べるかな？」

メグレ夫人がそこにいたら、ベルモットの杯を重ねた夫の目が少し輝きすぎているのに気づいただろう。

メグレは角を曲がり、また曲がった。すると、ふいに、そこはもうカンヌではなかった。陽光を浴びた白亜の大きな建物ではなく、別の世界が広がっている。路地の幅は一メートルほどで、家から家へ渡された針金に洗濯物がかかっている。

右手の看板には〈オ・ヴレ・マラン《本物の船乗りの店》〉。

左手の看板には〈リバティ・バー《自由酒場》〉。

メグレは〈オ・ヴレ・マラン〉に入っていき、カウンターの前に立ってベルモットを注文した。

「おや、スロットマシンがあるかと思ったんだが……」

「ありましたがね！」

頭が重く、街を一周してきたせいで脚は棒のようだ。

「それでも、ある所にはあるだろう！」

「ある所にはね！」ギャルソンがカウンターを布巾で拭きながらつぶやいた。「いつだって、うまくすり抜けるやつがいますからね。でも、うちには関係ありませんよ、違いますか？」

彼は通りのほうに目をやり、メグレの新たな質問に答えた。

「二フラン二十五サンティームです。おつりの小銭を切らしていて……」

それから、メグレは〈リバティ・バー〉の扉を押した。

第三章　ウィリアムの名づけ子

店内には誰もいない。間口はせいぜい二メートル、奥行が三メートルほどだ。床が低くなっていて、階段を二段、下りなければならない。

狭いカウンター。一ダースほどのグラスが入った棚。スロットマシン。そして、テーブルが二卓。

奥にガラスのドアがあって、チュール布のカーテンがついている。カーテンの後ろで人の頭がいくつか動いているようだ。だが、立ち上がって客を迎えようとはしない。ただ、女の声が響いた。

「何をぐずぐずしてるの？」

そう言われて、メグレは店の奥に入った。また一段、中庭の地面すれすれについた換気口のような窓より下へ下りた。ぼんやりした光の中、三人がテーブルを囲んでいるのが見えた。

声をかけてきた女が食事の手も止めずに彼をじっと見る。メグレ自身が人を見るときと同じ、平然とした、細部まで見逃さない視線だ。

女は両肘をテーブルについたまま、しまいにはため息をつき、スツールのほうへ顎をしゃくって見せた。

「時間のかかる人ね！」

女の近くに男が一人いるが、メグレからは背中しか見えない。染み一つないセーラー服を着ている。明るい色の髪は短く刈り上げ、袖にはカフスを着けていた。

「ゆっくりお食べ、何でもないから……」。女がその男に言う。

テーブルの反対側に三人目が座っている。くすんだ顔色の若い女で、大きな目を見開き、警戒の眼差しでメグレをじっと見ている。

彼女はガウン姿だ。左の乳房が丸見えだが、誰も気にしない。


「そこに掛けたら！　失礼して、昼食を続けていい？」

女は四十五歳くらいだろうか？　五十歳？　もっと上か？　何とも言えなかった。でっぷり太り、笑みを浮かべ、堂々としている。何があっても動じず、あらゆるものを見て、聞いて、感じてきた人間であることが伝わってくる。

メグレが何をしに来たか、一目見ただけで彼女には見当がついている。それでいて、立ち上がりもしない。彼女がその場で大きく切り分けている羊の腿肉に、メグレの目は一瞬、引きつけられた。これほどこってりと脂ののった肉は珍しい。

「さあてと。それで、ニースから来たの？　それともアンティーブ？　見たことのない顔だね……」

「パリの司法警察局だ……」

「あら！」

この「あら！」からは、彼女が違いを知っていて、この訪問者の階級を認識していることがうかがえた。

「じゃあ、本当なの？」

「何が？」

「ウィリアムが大物だったってこと……」

今、メグレは横から船員を見ていた。並の船員ではない。セーラー服の生地はサージだ。金モールをつけ、帽子にはクラブの楯形の紋章が縫いつけられている。この場にいるのが気まずいようだ。皿だけを見て食べている。

「こちらは？」

「みんな、いつもヤンと呼んでるけど……名字は知らない……。アルデナ号のスチュワード。毎年、カンヌで冬を越すスウェーデンのヨットよ。ヤンは給仕長だって……。そうでしょ、ヤン？こちらは警察の方。ウィリアムの話はしたよね……」

ヤンはうなずくが、あまりわかっていないようだ。

「ウイ《はい》って言ってるけど、あたしが言ったことをすっかりわかってはいないね！」女は船員には構わずに言う。「フランス語がうまくならなくてね。でも、いい子よ。国に奥さんと子どもたちがいる……。写真を見せなよ、ヤン！　写真、そうよ……」

男は、上着から写真を一枚取り出した。扉の前に若い女が座り、その前の芝生に赤ん坊が二人、写っている。

「双子の男の子！」と、女主人が説明する。「ヤンはときどき、ここに食べにくるの。家にいるみたいにくつろげるから。この羊肉と桃は彼が持って来てくれたのよ」

メグレは、相変わらず乳房を隠そうともしない娘を見た。

「それで……こちらは？」

「シルヴィ。ウィリアムが名づけ親……」

「名づけ親？」

「あっ！　教会のじゃないよ！　この子の洗礼に立ち会ったわけじゃなくて……。あんた、洗礼くらいは受けてるんでしょうね、シルヴィ？」

「当たり前よ！」

娘は、やはりメグレに警戒の眼差しを向けながら、食欲もなさそうに、ちびちびと食べ続けている。

「ウィリアムはこの子を可愛がってたね……。気の毒な身の上話を聞いて……慰めてやってたんだ……」

メグレはスツールに腰掛け、膝の上に肘をついて顎を両手に載せていた。太った女がボールに大蒜《にんにく》をこすりつけてつくっているサラダは、紛れもなく絶品に違いない。

「お昼は食べたの？」

「ああ……その……」メグレは嘘をついた。

「言ってくれなきゃわからないからね。ここじゃ、遠慮は無用……。そうでしょ、ヤン？　ほら、見て！　ヤンったら、ウイって言ってるけど、何もわかっちゃいないんだから……。あたし、こういう北国の男の子たちが大好きなの！」

女はサラダを味見し、果実の香りのするオリーヴ油をたらした。テーブルはクロスなしで、あまり清潔ではなさそうだ。台所から直接、上に行ける階段があり、中二階があるらしい。片隅にはミシンが置いてある。

中庭は日当りがよく、そのせいで換気窓の長方形がまぶしいが、ここではひんやりした薄闇の中に暮らしているように感じられる。

「質問をどうぞ……シルヴィも事件のことは知ってる。ヤンのほうは……」

「この店はもう長いのかね？」

「十五年になるかしら……。あたしが結婚した相手はイギリス人で、もと軽業師だった。そのおかげで、イギリス人の船員、それにミュージックホールの出演者がみんなお客だった……。うちの人は九年前、ヨットレースで溺れ死んだの。男爵夫人の船でレースに出てね。船を三隻も持ってる人で、警視さんもきっと知ってるはず……」

「それで、その後は？」

「別に！　店を続けてきただけよ」

「客は多い?」

「商売っ気がないからね……。客というより友達よ、ヤンやウィリアムみたいな。あたしが独りぼっちで、寂しがりやだと知ってて、来てくれる。ここでワインを飲んだり、カサゴや鶏を持って来てくれて、それをあたしが料理したり……」

女はグラスを満たし、メグレの前にグラスがないのに気づいた。

「シルヴィ、警視さんにグラスをお願い」

シルヴィは返事もせずに立ち上がり、バーへ向かった。ガウンの下は裸だ。素足にサンダルを履いている。通りすがりにメグレの体に軽くぶつかったが、謝りもしない。彼女がバーにいる隙に、女がそっと囁いた。

「気にしないで。あの子、ウィリアムを慕っていて……。だから、ショックだったのよ」

「彼女はここに泊まっているのかい?」

「そうだったり、そうでなかったり……」

「仕事は何を?」

とたんに、女は責めるような目でメグレを見た。「あなたが、司法警察局の警視さんが、あたしにそんなことを言わせるの?」とでも言いたげだ。

女はすぐにこう言った。

「ええ、おとなしい娘で、悪いことなんか、これっぽちも……」

「ウィリアムは知ってたのかね?」

またもや、同じ目で見られた。メグレという人はその程度？　本当に察しがつかないの？　一から十まで説明しろというわけ？

ヤンが食べ終わった。何か言おうとして戸惑っていると、彼女がそれを察した。

「うん！　帰っていいよ、ヤン。今晩、来る？」

「ボスがカジノに行けばね」

ヤンは立ち上がり、いつもの挨拶をしようかためらっている。だが、女が額を差し出すと機械的にキスをした。メグレがいるせいで赤くなっている。グラスを持って戻ってきたシルヴィと鉢合わせした。

「帰るの？」

「うん……」

そして、シルヴィにも同じようにキスをし、メグレに向かって妙な敬礼をし、段につまずいてのめるように通りに出て、帽子を直しながら去って行った。

「ヨットの船員には珍しく、羽目を外したがらない子でね……。ここに食べに来るほうがいいんだって」

女も食べ終わっていた。両肘をテーブルについてくつろいでいる。

「シルヴィ、コーヒーをちょうだい」

通りの音はほとんど聞こえない。長方形の陽光が差し込まなければ、今が昼の何時か、夜の何時か、わからないくらいだ。

暖炉棚の真ん中に置かれた目覚まし時計が、過ぎゆく時を刻んでいる。

「それで、要するに何が知りたいの？　乾杯！　これは、残っていたウィリアムのウイスキー……」

「あなたは何て呼ばれているのかな？」

「ジャジャ。太っちょジャジャジャってからかわれてる……」

そう言いながら、テーブルの上に載った自分の巨大な乳房を見ている。

「ウィリアムとは昔からの知り合い？」

シルヴィは席に戻っていて、頬杖をつき、メグレから視線をそらさない。ガウンの袖が皿に垂れている。

「そうね、もうずっと前から。でも、先週までは名字も知らなかった。うちの人が生きてたころは、この〈リバティ・バー〉も有名だったってことを、言っておかなきゃね。歌手や芸人のたまり場だった……。そのおかげで、彼らを目当てに、金持ちの客が来た。

とくにヨットのオーナーたち。たいがい道楽者の変人よ……。そのころ、ウィリアムに何度か会ったのを覚えている。白い船長帽をかぶって、友達やきれいな女たちを引き連れてね。明け方までシャンパンを飲んで、店の客みんなにおごってくれるような連中……。

それから、うちの人が死んで……一カ月間、店を閉めた。シーズンオフだったし……。翌年の冬には腹膜炎で三週間、入院する羽目になって……。その隙に、新しいバーが港に開店していた……。それからは閑古鳥が鳴きっぱなしよ……。あたしも客を呼ぼうとしないし……。

ある日、ウィリアムがやってきて、そのとき初めて、本当に知り合った。一緒に酔っぱらって……いろんな話をして……。彼は寝椅子で眠ったの、立てなくなっちゃって……」

「相変わらずヨットマンの帽子をかぶっていた？」

「いいえ！　あの人はすっかり変わってたわ。悲しい酒だった……。それから、ときどき、あたしに会いに来るようになって……」

「住所は知っていた？」

「いいえ。あたしはそんなことは訊かない。向こうも自分のことは全然、話さなかった」

「ここに長居したのかい？」

「三日か四日かしら……。食べ物を持って来てくれた。市場に買い物に行くお金をくれることもあった。ここより美味い物を食べさせるところはほかにないってしきりと言って……」

メグレはピンク色をした羊の腿肉と、いい香りのするサラダの残りを見た。実に美味そうだ。

「そのとき、シルヴィはもうここに？」

「まさか！　この子はまだ二十一歳よ……」

「どうやって彼女と知り合った？」

シルヴィの顔がこわばったので、ジャジャが彼女にぴしゃりと言った。

「警視さんはお見通しなんだからね、もう！　あの晩は、ウィリアムが来てた……。バーにはあたしたち二人だけ。シルヴィが男たちと入って来た。どこで出会ったのやら、セールスマンみたいな人たち……みんな、もうかなりでき上がっていて……飲み物を注文したのよ。この子ときたら、一目で、新米だとわかった。客が酔っぱらわないうちに連れ出したがってたわね。でも、あしらい方を知らなくて……。それで、案の定……男たちは結局、すっかり酔って、シルヴィをほったらかして行っちゃった。この子、泣いてた。ヴァカンスシーズンを当て込んでパリからやって来たけれど、ホテル代もないって言うから、うちに泊めて、それでここに来るようになったの」

「要するに」メグレはつぶやいた。「ここにやって来る人たちは、みんな、来るのが癖になるってわけだ……」

年増女は顔をほころばせた。

「いけない？　ここは居心地がいいってこと！　気兼ねがいらないのよ。したいように日々を過ごせばいい……」

女は本音で話していた。視線をゆっくりと若い娘の胸に落とし、ため息をつく。

「もっと丈夫にならないと。また、あばら骨が浮いちゃって……。ウィリアムは自分が費用を持って、この子を一カ月、サナトリウムに入れたがったけど、本人が嫌がって……」

「ちょっと待って！　ウィリアムと彼女は……」

シルヴィ本人が憤慨しながら答えた。

「あり得ない！　まさか、そんなこと……」

すると、太っちょジャジャがコーヒーをすすりながら説明した。

「そんな男じゃないよ。ことにこの子とは……。ただ、ときには……」

「誰と？」

「いろんな女と。どこででも、引っかけた女とね……。でも、めったになかった。そういうことには関心がない人だった……」

「金曜日は何時に別れた？」

「昼食の後、すぐよ。ちょうど今頃、二時くらいだったはず……」

「どこに行くとも言わずに？」

「いつも、そういうことは言わなかった……」

「シルヴィはここにいたのか？」

「ウィリアムより五分ほど前に出かけたね」

「どこへ？」メグレは本人に尋ねた。

シルヴィは身構えて答えた。

「そんなことを訊かれても！」

「港のほう？　そこで仕事を？」

「そこでも、ほかのところでも！」

「この店には、ほかに誰もいなかった？」

「誰も……。とても暑い日だった。あたしは椅子の上で一時間、居眠りしてた……」

だが、ウィリアム・ブラウンが車でアンティーブに戻ったときは五時を過ぎていた！

「ウィリアムは、ほかにもこういうバーに通っていたのかな？」

「どこにも！　そもそも、ほかの店はうちとは違う！」

　そのとおり！　メグレ自身、来て一時間にもならないのに、昔なじみのような気分になっていた。立ち入った話をしないからだろうか？　それとも、この怠惰で弛緩した雰囲気のせいだろうか？

　立ち上がってここを去る気力が湧かない。時間がゆっくりと流れていた。目覚まし時計の青白い文字盤の上で針が進んでいる。換気窓の長方形の陽光が弱くなってきた。

「新聞を読んだよ。それまでウィリアムの名字さえ知らなかった……。でも、写真の顔には見覚えがあった。シルヴィと一緒に泣いたよ……。あの二人の女とはどんな関係だったの？　あたしたちみたいな立場では、こういうことには関わらないほうがいい、そうでしょ？　そのうち警察が来るとは思ってた……。向かいのバーから警視さんが出てきたときから、そうだろうと思ってた」

　ジャジャはゆっくりとしゃべった。皆のグラスを満たした。ちびりちびりと酒を飲んだ。

「こんなことをしでかす犯人は、人でなしだよ。ウィリアムみたいな男は、なかなかいない……。あたしはそれを知ってる！」

「彼は自分の過去は話さなかったのかい？」

　彼女はため息をついた。メグレはここが過去の話はしない店だということが、わからないのだろうか？

「あたしが言えるのは、あの人が紳士《ジェントルマン》だったってことだけ！　大金持ちだった。たぶん今でも金持ちかも……。あたしにはわからない。昔はヨットを持っていたし、使用人もたくさんいた……」

「寂しかったのかな？」

女はまたため息をついた。

「わからないの？　ヤンに会ったでしょ……あの子が寂しそうに見える？　まだ、そんな年じゃないわよ。あたしが寂しい？　どっちにしても、飲んで、とりとめのない話をして、泣きたくなることもあるでしょう……」

シルヴィがとがめるような目でジャジャを見る。たしかに、シルヴィはコーヒーしか飲んでいないのに、太っちょジャジャの小さなグラスは三杯目だ。

「警視さんが来てくれてよかった。これで、肩の荷が下りた。隠すことも、気がとがめることも何もない。それでも、警察がからむとね……。ほら、これがカンヌの警察だったら、きっとあたしも留置場に入れられるよ」

「ウィリアムはだいぶ散財したのかい？」

ジャジャは、メグレに根気よく事情を説明できるだろうか？

「するにはしたけど、散財と言えるのかしら……。食べ物と飲み物を買いに行くお金をくれたわ。ガス代と電気代を払ってくれることもあったし、シルヴィにストッキング代として百フランくれたり」

メグレは腹が減っていた。しかも、鼻先にあの美味そうな羊肉がある。皿の上に、切り分けた肉が二切れ、残っている。彼はこの家の者のように、指で一切れつまみ、しゃべり続けながら食べた。

「シルヴィは自分の客をここに連れてくるのかい？」

「まさか！　そんなことをしたら、あたしたちが監獄行きだ。カンヌにはその手のホテルが山ほどあるよ！」

　そして、メグレの目を見て、こうつけ加えた。

「殺したのはあの女たちだと、本当に思ってるの？」

　そのとき、ジャジャが頭を動かした。シルヴィが少し伸び上がり、ガラス戸のチュール布の向こうを見ている。外の扉が開いた。誰かがバーに入って来て、内側のドアを開け、見知らぬ顔に驚いて立ち止まる。

　シルヴィが立ち上がり、少し顔色を赤くしたジャジャが新しい客に言った。

「お入り！　ウィリアムのことでみえた警視さんだよ」

　メグレにはこう言った。

「友達のジョゼフ。カジノのギャルソンよ」

　グレーのスーツの下に白いイカ胸シャツ、黒い蝶ネクタイ、エナメル靴という身なりから、おのずと職業がわかる。

「また来るよ」ジョゼフが言う。

「いいから！　入ってよ」

ジョゼフは迷っている。

「通りがかりにちょっと寄っただけだ……。二番の馬の情報が入ってね」

「競馬をやるのかい？」メグレがギャルソンのほうへ体をひねって尋ねる。

「ときどき……。情報を流してくれるお客がいるんです。もう行かなくちゃ……」

ジョゼフは退却したが、シルヴィに合図したのをメグレは見逃さなかった。シルヴィはまた腰掛けた。ジャジャがため息をつく。

「またすっちまうに決まってる。悪い子じゃないんだけど……」

「服を着なきゃ！」と、シルヴィが言い、立ち上がって、体の最も豊かな部分をガウンの合わせ目からあらわにする。何食わぬ顔で、まるでこの世でいちばん自然なことだと言わんばかりに。

シルヴィが階段を上って中二階へ行き、行ったり来たりする足音が聞こえる。太っちょジャジャが聞き耳を立てているように、メグレには思えた。

「シルヴィも、ときどきは競馬をやるのよ。ウィリアムが死んで、いちばん多くを失くしたのはあの子よ……」

メグレはふいに立ち上がり、バーを抜けて通りに面した扉を開けた。だが、遅すぎた。ジョゼフは大股で遠ざかり、振り返りもしない。同時に、中二階の窓が閉まった。

「どうしたの？」

「何でもない。ちょっと思いついて……」

「もう一杯どう？　ねえ、お肉が口に合ったのなら……」

シルヴィが、もう下りて来た。すっかり見違えて別人のようだ。紺色のスーツを着て、若い娘らしく見える。白い絹のブラウスのおかげで、メグレがずっと眺めていた小さな乳房の揺れるのが、実に魅力的に見える。スカートが、ほっそりした腹と盛り上がった尻の線を際立たせる。絹のストッキングが脚をぴったりと覆っている。

「夜には帰るわ！」

シルヴィもジャジャの額にキスし、メグレのほうを向いてためらった。さようならも言わずに出かけるつもりだろうか、それとも、悪態をつくつもりだろうか？

いずれにしても、メグレを敵視する態度ははっきりしている。それをごまかそうともしない。

「それじゃ。もう、わたしに用はないでしょう？」

表情はすっかりこわばっている。一瞬、間を置いてから、きっぱりした足取りで立ち去った。

ジャジャがグラスを満たしながら笑う。

「気にしないで……。ああいう娘たちは、まだものが分かっていないんだから。お皿を出そうか。あたしのサラダを味見しない？」

表のバーは空っぽで、通りに通じるのは一枚のガラス扉だけだ。らせん階段の上の中二階は散らかっているに違いない。中庭と換気窓を照らす陽光は少しずつ傾いている……。

奇妙な世界だ。その中心でメグレは香り高いサラダの残りを前にしている。同席している太った女は、豊かな乳房で体を支えているように見える。彼女がため息まじりにつぶやく。

「あたしがあれくらいの歳には、もっと違う格好で歩かせられたよ！」

どんな格好かは言われなくともわかる。たやすく想像できる。サン＝ドニ門かモンマルトルあたりで、透けた絹のワンピースに身を包んだ彼女を、どこぞのバーのガラス越しに、男がしぶとく見張っていたのだろう。

「今日……」

ジャジャは飲みすぎていた。メグレを見つめる瞳は潤んでいる。子どもっぽい口元がとがる。涙の前兆だ。

「警視さんを見ていると、ウィリアムを思い出すわ。そこが彼の席だった。あの人も、食べるときはお皿の横にパイプを置いた。肩の形も同じ……。警視さん、知ってる？　あなた、ウィリアムに似てるのよ」

ジャジャは目を拭っただけで、泣きはしなかった。

第四章　ゲンチアナ

昼でも夜でもない、薔薇色の時間。沈みゆく太陽の熱気が、訪れつつある夜の冷気に溶けていく。メグレは〈リバティ・バー〉から出た。あたかも悪所から帰るように、ポケットに手を突っ込み、帽子を目深にかぶって。だが、十歩も行かないうちに振り向きたい気持ちを押さえきれなくなった。さっきまで浸っていた雰囲気が現実かどうか確かめるかのように。

バーは、たしかにそこにあった。二軒の家にはさまれた狭い正面は品のない茶色に塗られ、看板の文字は黄色だ。

ガラス窓の向こうに植木鉢が一つ置かれ、その横で猫が寝ている。

ジャジャも、きっと眠っているだろう。店の奥で、独りきりで、時を刻む目覚まし時計の傍らで……。

小路を抜けると、通常の生活が息を吹き返す。商店、きちんとした身なりの人々、自動車、路面電車、巡査……。

この時刻、右手のクロワゼット通りは、カンヌ観光協会が高級雑誌に載せる広告の水彩画そのものだ。

心地よい穏やかさ……。ゆったりと歩く人々……。エンジンがないかのように音もなく滑走する自動車……。港の水面に連なる明るい色のヨット……。

メグレは疲労を感じ、ぼうっとしていたが、それでも、アンティーブに帰りたくはなかった。あてもなく行ったり来たりし、わけもわからずに立ち止まり、当てずっぽうにまた歩き出す。まるで、意識ある自我をジャジャの隠れ家の散らかったテーブルの脇に置いてきたようだ。昼には端正な身なりのスウェーデン人船員が食事をし、真向かいに胸をはだけたシルヴィがいた、あのテーブルの脇に。

ウィリアム・ブラウンは十年のあいだ、あそこで月に数日、暮らしていた。けだるい暑さの中、傍らのジャジャは飲んでは泣き、椅子で眠り込んだ。

「まさにゲンチアナ（健胃作用があるリンドウ科の植物の根、それを原料にした飲み物）だ！」

メグレはこの十五分ほど無意識のうちに探していたものを見つけて、小躍りした！〈リバティ・バー〉を出て以来、あの店の正体を突き止めようと懸命になっていた。風変わりな外見をはぎ取って、本質をつかもうとした。そして、ついに発見した！友人からその飲み物を薦められたときの言葉を思い出す。

「何を飲んでるんだい？」

「ゲンチアナさ！」

「流行《はや》っているのか？」

「流行《はや》りじゃないよ！飲んべえの最後の頼みの綱さ！ゲンチアナを知ってるだろ？苦いん

だ。そのうえ、アルコールは入っていない。つまりだな、三十年間、いろんな酒を浴びるほど飲んできて、手を出していない悪徳はこれだけってことだ。この苦さにしか、舌が刺激を感じないのさ」

そう、これだ！　悪徳とも悪意とも無縁の場所！　いきなり台所に入ると、気さくなジャジャが迎えてくれる店！

ジャジャが料理をしているあいだ、客は酒を飲む。塊肉は近所の肉屋から自分で調達してくる。シルヴィが寝ぼけ眼で半裸で下りてきても、その貧弱な胸を見もせずに額にキスをする。清潔とは言えないし、明るくもない。話が弾むわけでもない。会話はだらだらとして、いい加減だ。そこにいる人間と同じく。

もう外の世界や活気は関係ない。かろうじて長方形の陽光が入ってくるだけ。

食べて、飲んで……。眠って、また飲んでいると、シルヴィが服を着て、腿のところまでストッキングを引っぱり、仕事に出かけていく。

「また後でね、パパ！」

友人のゲンチアナの話とまったく同じではないか？　つまり、〈リバティ・バー〉は、あらゆるものを見て、あらゆる悪徳を試した人間の最後の港なのではないか？

美しさも媚も欲望もない女たち。欲望の対象ではなく、額にキスさせる女たちに、ストッキングを買うための百フランを与え、戻ってきたときにはこう尋ねる。

「仕事はうまくいったかい？」

メグレはいささか気が滅入っていた。ほかのことを考えたかった。港の前で立ち止まると、水蒸気が水面の少し上に漂い始めていた。

小型ヨットの列の脇を通り過ぎる。レース用の帆船だ。十メートルほど離れたところで、船員が赤い新月旗を白い大型汽船から下ろしている。きっと、トルコのパシャ（高官・高級軍人）の船なのだろう。

全長四十メートルほどのヨットの後部に近づくと、〈アルデナ〉という金文字が読みとれた。ジャジャの店にいたスウェーデン人の顔はおぼろげにしか覚えていなかったが、上を向くと、甲板の上に彼が見えた。白い手袋をはめて、籐のテーブルに紅茶の盆を置いている。

船主が手すりに肘をつき、二人の若い女をはべらせていた。まばゆい歯を見せて笑っている。メグレと彼らは三メートルほどのタラップで隔てられていた。メグレが肩をそびやかせてタラップを上り始めると、甲板のスチュワードの顔が引きつったので、吹き出しそうになった。

こんなふうに、役に立つかどうかは関係なく、とにかく何かするために、あるいは考えずにいるために行動することは、よくある。

「すみません」

船主は笑うのを止めた。メグレのほうに体を向けて彼を待ち、二人の女もそれにならう。

「ちょっと教えてください。ブラウンという男をご存じですか？」

「船主ですか？」

「船を一隻、持っていました。ウィリアム・ブラウンといいます……」

メグレは、あまり答えを期待していなかった。

相手は四十五歳くらい、生まれはよさそうだ。半裸の上にワンピースを着ただけの女たちにはさまれている。

メグレは思った。

〈ブラウンもこの男と同じだった！　男の気をそそるよう細部まで工夫を凝らして着飾った美女に囲まれていた。そういう女たちを連れ歩いて喜ばせ、小さなバーで客全員にシャンパンをおごって……〉

男が強いなまりで答えた。

「わたしの頭に浮かんだブラウンだとすれば、昔、大きな船を持っていて、それが最後の一隻でした……〈パシフィック号〉です。でも、その船はもう二、三回は売りに出されていますよ」

「ありがとうございました」

男と二人の連れはメグレの訪問の意味がよくわからなかった。彼が遠ざかるのを眺めながら、女が小さな笑い声を立てるのがメグレの耳に聞こえてきた。

〈パシフィック号〉……。港には同じ大きさの船は二隻しかない。もう一隻はトルコの国旗を掲げた船だ。

〈パシフィック号〉だけが、打ち捨てられた風情だった。ペンキが剝がれて地金が見える部分が少なくない。銅は緑色になっている。

舷側の手すりに小さくみじめな掲示がある――「売船」。

ヨットの船員たちが入念に体を洗って制服を着込み、兵隊のように三々五々、街に繰り出す時間だ。

〈アルデナ号〉の前を通り過ぎるとき、メグレは三人の視線が自分に向けられるのを感じ、スチュワードが甲板の片隅から様子をうかがっているかもしれないと思った。


街には灯がともっていた。メグレは苦心して例の自動車修理工場を見つけたが、訊くべきことは一つしかなかった。

「金曜日にブラウンが車を取りに来たのは、何時頃だった？」

整備工を呼んで、ようやく答えがわかった。

五時数分前！ つまり、アンティーブ岬まで戻る時間がちょうどあったということだ。

「ブラウンは一人だったかい？ 外で待っている人はいなかったか？ 怪我をしていなかったのはたしかかね？」

ウィリアム・ブラウンが〈リバティ・バー〉を出たのは二時頃だった。三時間、彼は何をしていたのだ？

メグレには、カンヌでぐずぐずしている理由はなくなった。バスを待ち、隅の席に体を落ち着けて、視線をぼんやりと泳がせ、大通りにヘッドライトをつけた自動車が列をなして進むのを眺めた。

マセ広場でバスを降りて最初に目に入った人が、ブティーグ刑事だった。カフェ・グラシエのテラス席に座っていた彼はさっと立ち上がった。

「朝から探していましたよ！　どうぞお掛けになってください。お飲物は？　ギャルソン！　ペルノ（アニス酒の一種）を二つ……」

「わたしは別のものを！　ゲンチアナをもらおう！」メグレは、この特効薬の味を知りたかった。

「まず、タクシーの運転手に訊いて回りました。誰も警視を乗せていないって言うから、バスの運転手に問い合わせたんです。それで、カンヌにいらしたのがわかりました」

かなりの早口だ！　しかも、口調が熱っぽい！

メグレは思わず目を丸くして彼を見た。小柄な刑事はお構いなしに言葉を続ける。

「まともな食事ができるレストランは五、六軒くらいですからね……。一軒ずつ、電話しましたよ……。いったいどこで昼食を？」

メグレが真実を打ち明けて、ジャジャの台所の羊肉と、大蒜風味のサラダと、小さなグラスと、シルヴィの話をすれば、ブティーグはさぞ驚くだろう。

「予審判事は警視に相談してからでないと何もしたがらないんです……。ところで、ニュースがありますよ。息子が到着しました」

「誰の息子？」

メグレは顔をしかめた。ゲンチアナを一口、飲んだせいだ。

「ブラウンの息子ですよ。事件のときはアムステルダムにいました」

どうにも頭が痛い。神経を集中させようとするが、かなりの努力が必要だ。

「ブラウンには息子がいるのか?」

「ええ、何人か。オーストラリアに住んでいる正妻とのあいだに……。ヨーロッパにいるのは一人だけで、羊毛を扱っています」

「羊毛?」

今現在、ブティーグはメグレに失望しているに違いない。だが、メグレはまだ〈リバティ・バー〉にいた。もっと正確に言えば、シルヴィと窓越しに話していた競馬好きのギャルソンのことを思い出しているところだった。

「ええ! ブラウン家はオーストラリア最大の地主です。羊を育てて羊毛をヨーロッパに輸出しています。息子の一人が土地を管理し、別の一人がシドニーで輸出業務を手がけ、三人目がヨーロッパにいて、羊毛の出荷先の港をあちこち回っています。リヴァプールや、ルアーヴルや、アムステルダムや、ハンブルクなどです。その人が来て……」

「彼は何と言っている?」

「父親の埋葬はできるだけ早くしてほしいと、それから、費用は自分が払うと言っています。とても急いでいるそうです。明日の夜の飛行機に乗らなければいけないとか……」

「アンティーブにいるのか?」

「いいえ! ジュアン・レ・パンです。一人なのに、超高級ホテルの続き部屋をご所望で……。夜通し、ニースと電話がつながってなければいけないらしいですよ。アントワープやらアムステルダムやら、そのほか方々に電話するために……」

「息子は別荘に行ったのかい？」

「わたしが持ちかけてみました。ですが、断られました」

「それじゃ、要するに彼は何をしたんだね？」

「判事に会いました。それだけです！　とにかく早く進めてくれの一点張り！　それで、いくらか尋ねてきました！」

「いくらって何が？」

「費用ですよ」

メグレは、心ここにあらずといった風情でマセ広場を眺めていた。ブティーグが続ける。

「判事はオフィスで午後じゅう、警視を待っていました。検死もすんでいますから、埋葬許可を出さないわけにもいきませんし……。ブラウンの息子は三度、電話してきて、結局、明日の朝一番で埋葬すると決めました」

「朝一番？」

「ええ、野次馬を避けるためです。だから、警視を探していたんですよ。棺は今夜、閉じます。ですから、もしその前にブラウンをご覧になりたいなら……」

「いや、結構！」

本心だ！　メグレは遺体を見たくはなかった。見なくても、ウィリアム・ブラウンのことは十分にわかっていた！

テラスは混んでいる。ブティーグはいくつものテーブルから視線を感じ、悪い気はしなかったものの、声を低めて言った。

「小さな声で話しましょう」

「どこに埋葬するつもりだ？」

「もちろん、アンティーブの墓地ですよ。霊柩車が朝七時に遺体安置所に来ます。あとはブラウンの息子に知らせるだけです」

「それで、女二人は？」

「何も決めていません。ひょっとしたら、息子としては……」

「息子が泊まっているのはどのホテルと言ったかね？」

「〈プロヴァンサル〉です。お会いになりますか？」

「じゃあ、また明日！　きみも埋葬には行くんだろう？」

奇妙な気分だ。陽気だが、同時に陰気でもある！　タクシーで〈プロヴァンサル〉に着き、まずドアボーイ、それから金モールをつけた別のボーイに迎えられ、ようやくフロントの後ろで待ち構えている黒服のやせた若者に用を告げた。

「ブラウン様ですね？　ご面会できるかどうか、確かめてまいります。お客様のお名前をいただけますか？」

呼び鈴が鳴らされ、制服姿の従業員が行ったり来たりする。たっぷり五分待たされて、ようやく迎えが来てメグレを案内し、どこまでも続く廊下を抜けて『37』と番号が表示されているドアの前に来た。ドアの向こうではタイプライターがカタカタと音を立てている。苛立った声が言った。

「どうぞ！」

メグレの目の前に、ブラウンの息子が立っていた。三人のうち、ヨーロッパ羊毛部門の担当者だ。

年齢不詳。三十歳かもしれないし、ひょっとしたら四十歳かもしれない。背の高いやせた青年で、顔のしわはすでに深く、きれいに髭を剃り、きちんとしたスーツを着て、黒地に白い縞模様のネクタイには、真珠が一粒刺してある。

無秩序や想定外とは無縁だ。髪の毛には一筋の乱れもない。訪問者を見ても、まったく動揺がない。

「少しお待ちいただけますか？　そこへお掛けになってください」

タイピストが、ルイ十五世様式のテーブルの前に陣取っている。男性秘書が電話で英語を話している。

ブラウンの息子は英語で電報の口述をする。港湾労働者のストライキによる損害賠償の件だ。

「ブラウンさん……」秘書が呼ぶ。

そして、ブラウンに受話器を差し出す。

「もしもし！　……もしもし！　……イエス！」

ブラウンは一言も差しはさまずにじっと聞いていたが、最後にぴしゃりと言って電話を切った。

「ノー！」

電鈴を押してメグレにこう尋ねた。

「ポルト酒《ポートワイン》でもいかがです？」

「いいえ、結構です」

それでも、給仕頭が現れると注文した。

「ポルト酒を！」

彼は何をするにも冷静だったものの、表情は心配げだ。まるで自分の一挙手一投足や顔のわずかな引きつりに全世界の運命がかかっているとでも言わんばかりだ。

「タイプは寝室で頼む！」と、隣室を指さしてタイピストに言いつけ、秘書には「予審判事に連絡を……」と言った。

「疲れました。あなたが取り調べをなさるんですか？」ようやく腰を下ろすと、ブラウンは脚を組んで息をついた。

そして、ホテルの従業員が持ってきたポルト酒をメグレのほうへ押しやった。

「おかしな話じゃありませんか？」

「それほどおかしくはありませんよ！」メグレはきわめて無愛想につぶやく。

「困った話、と言いたかったのですが……」

「そうでしょうとも！　背中にナイフを一突きされて死ぬなんて、困った話に違いない」

青年は立ち上がり、苛立った様子で寝室のドアを開け、身振りと英語で指示を与え、メグレのほうに戻ってくると、シガレット・ケースを差し出した。

「結構です！　パイプしかやらないもので……」

ブラウンはサイドテーブルの上からイギリスの煙草の箱を取った。

「この灰色のやつですよ！」メグレはポケットからパイプ煙草の包みを取り出して言った。

ブラウンは部屋の中を大股で行ったり来たりしている。

「ご存じでしょう？　父の生活はその……きわめてスキャンダラスで……」

「愛人がいましたね！」

「それだけじゃありません！　ほかにも山ほどあるんです！　それは知っていただく必要があります。そうでないと、下手をすれば……何と言うんでしたっけ？　見込み違いをされて……」

そのとき、電話が鳴った。秘書が駆けつけ、今度はドイツ語で応答し、ブラウンは身振りで「だめだ」と合図した。電話はなかなか終わらない。ブラウンは苛立った。秘書が話を切り上げないので、歩み寄ってその手から受話器を取り上げ、がちゃりと切った。

「父はずいぶん昔、フランスにやって来ました。母を連れず……。そして、わたしたちは父に破産させられそうになったのです……」

ブラウンはじっとしていなかった。話しながら、秘書が出て行くとすぐに寝室のドアを閉めた。ポルト酒のグラスに指で触れた。

「お飲みになりませんか?」

「いいえ、結構です!」

ブラウンは苛々しながら肩をすくめた。

「保佐人を任命しました。母はとても不幸せでした。母が懸命に働いて……」

「ほう! 事業を立て直したのはお母さんでしたか?」

「ええ、伯父と一緒に!」

「お母さんのお兄さんということですね?」

「イエス! 父は……品格を失いました……。そう、品格を……。ですから、あまり多くを語らないほうがよさそうです。おわかりいただけますか?」

メグレは、まだ相手から目を離さなかった。そのせいで、青年はむっとしたようだ。ことに、メグレの重い視線の意図が読み解けなかったからだ。その視線に意味はないのだろうか? それとも逆に、強い威嚇なのだろうか?

「一つ質問します、ブラウンさん。お荷物から察するに、ハリー・ブラウンさんですね? 先週水曜日はどこにいましたか?」

青年がようやく答えたのは、部屋の端から端までを二往復してからだった。

「あなたはどう思っているのです?」

「どうも思っていません。ただ、あなたがどこにいたか尋ねているだけです」

「それは重要なことですか?」

「そうかもしれないし、そうでないかもしれません！」

「わたしはマルセイユにいました。グラスコ号の入港の件で！　うちの羊毛を積んだ船で、今はアムステルダムにいますが、港湾労働者のストライキのせいで荷下ろしができないのです……」

「お父さんには会わなかったのですか？」

「会っていません」

「もう一つ、これが最後の質問です。お父さんに仕送りをしていたのはどなたです？　金額はいくらでしたか？」

「わたしです！　月五千フラン。新聞社に漏らすおつもりですか？」

タイプの音は休みなく続き、行末のベルの音、キャリッジがぶつかる音が聞こえる。

メグレは立ち上がり、帽子を取った。

「ありがとうございました！」

ブラウンは唖然としている。

「これでおしまいですか？」

「これでおしまいです。ありがとうございました」

また電話が鳴ったが、青年は出ようとする様子もなかった。信じられないという顔で、メグレがドアに向かうのを見ていた。

それから、あわてて、テーブルの上にあった封筒をつかんだ。

「警察のお役に立つよう、これを用意しました……」

メグレは、もう廊下にいた。ほどなく、制服姿の従業員の後について豪華な階段を下り、ロビーを抜けた。

九時に一人で〈オテル・バコン〉の食堂で夕食をとったが、その間、ずっと電話帳をめくっていた。カンヌの三つの番号に次々と電話をかけ、三軒目でようやく、こんな答えが返ってきた。

「ええ、隣ですよ」

「よかった！　お手数ですが、マダム・ジャジャに、明日七時、アンティーブで埋葬だと伝えていただけませんか。ええ、埋葬。そう言えばわかります」

メグレは食堂の中を少し歩いた。窓から五百メートルほど先にブラウンの白い別荘が見えて、二つの窓に明かりがともっていた。

(出かける気力があるか？)ない！　とにかく眠かった！

「あそこには電話があるだろうね？」

「ええ、警視さん！　わたしがかけましょうか？」

白いボンネットをかぶった小柄で実直な女中は、部屋を駆け回る二十日鼠《はつかねずみ》を思わせた。

「警視さん。奥様の一人が、電話に出ています……」

メグレは受話器を取った。

「もしもし！　メグレです。ええ！　そちらにうかがえませんでした。……埋葬は明日朝七時です。何ですって？　いいえ！　今晩は無理です……仕事があって……。おやすみなさい、マダム」

年かさのほうだったに違いない。きっと慌てふためいて娘に知らせているだろう。それから二人して、どうすればいいか相談するのだろう。

〈オテル・バコン〉の女主人が入ってきて、笑みを浮かべ、甘ったるい声で言った。

「ブイヤベースはお口に合いましたか？　警視さんのために特別にこしらえたんですのよ、なにしろ……」

ブイヤベース？　メグレは記憶を探った。

「ああ、うん！　美味《うま》かった！　とびきりでしたよ！」メグレはお世辞笑いをしながら急いで言った。

だが、思い出せなかった。ブイヤベースは、諸々のつまらないこと、つまり、ブティーグ刑事やらバスやら自動車修理工場やらを寄せ集めた影の中に沈んでしまった……。

味といえば、浮かんでくるものは一つしかなかった。ジャジャのところで食べた羊の腿肉、それに大蒜の香るサラダ……。

ちょっと待てよ！　もう一つあったぞ。〈プロヴァンサル〉で手をつけなかったポルト酒の甘ったるい匂い。ブラウンの息子の化粧品の、同じように鼻につく匂いと一体になっていた。

「ヴィッテル水を一本、部屋に持って来させてください！」階段を上りながらメグレは言った。

第五章　ウィリアム・ブラウンの埋葬

すでに太陽はめくるめくように輝いている。街ではどの家も、まだ鎧戸を閉ざしており、歩道に人影はなかったが、市場の生活はもう始まっていた。早起きして時間がたっぷりある人たちが、活動するというより、イタリア語やフランス語でわめき立てて過ごす、軽快で気楽な生活だ。

役所は黄色い建物で、入り口の両脇の石段は市場のまさに真ん中にあった。遺体安置所は役所の地下にある。

七時十分前、そこに霊柩車が停まった。黒ずくめの馬車は花や野菜の真ん中で場違いに見える。ほぼ同時にメグレが到着すると、ブティーグが駆けて来るのが見えた。起きてから十分も経っていないらしく、チョッキのボタンもかけていない。

「一杯飲む時間はありますよ。まだ誰も来ていませんから……」

彼は小さなバーの扉を押し開け、ラム酒を注文した。

「いやあ、大変でしたよ。息子は棺の予算を言ってくれないんです。昨夜、彼に電話したら……どんな棺でも構わないが、質のいい物にしてくれとのことでした。ところが、アンティーブには総オーク材の棺はもう一つもなくて……カンヌから取り寄せたんですよ、夜の十一時に。それから、葬儀のことを考えました。カトリックの教会でやっていいのか？〈プロヴァンサル〉にまた電話したら、ブラウンはもう寝ているというんです。できるだけのことはしましたよ……。ご覧ください！」

ブティーグが指したのは、百メートルほど離れた市場広場に面した教会の扉で、黒布が張られている。

メグレはあえて何も言わなかったが、ブラウンの息子はカトリックではなくプロテスタントという印象だった。

バーは狭い通りの角に位置し、入り口が両面にある。メグレとブティーグが片側から出たとき、別の入り口から入ってきた男とメグレの目が合った。

カンヌのギャルソン、ジョゼフだ。メグレに挨拶すべきか迷ったあげく、あいまいな仕草でごまかした。

メグレは、ジョゼフがジャジャとシルヴィをアンティーブに連れて来たのだと見当をつけた。図星だった。女たちはメグレの前を歩き、霊柩車のほうへ向かっていた。ジャジャは息を切らしている。もう一人は遅刻しないか気をもみながら、その後に続く。

シルヴィはあのシンプルな紺色のスーツを着ているおかげで、申し分のない若い娘に見える。ジャジャのほうは、足元もおぼつかない。足の痛みか、脚のむくみのせいだろうか。ずいぶん光沢のある黒い絹の服を着ている。

二人とも五時半頃に起きて始発のバスに乗ってきたのではないだろうか？〈リバティ・バー〉

では稀なことに違いない。

「誰ですか?」ブティーグが尋ねる。

「さあね……」メグレはあいまいに答えた。

だが、ちょうどそのとき、二人の女が足を止め、振り向いた。霊柩車の近くまで来たからだ。

ジャジャはメグレを見ると、駆け寄ってきた。

「あたしたち、遅刻してないでしょ? 彼はどこ?」

シルヴィは目の下に隈をつくり、やはりメグレに対する敵意を秘めている。

「ジョゼフが付き添って来たのかい?」

ジャジャは危うく嘘をつくところだった。

「誰がそう言ったの?」

ブティーグは距離を置いていた。タクシーが市場の人混みを通り抜けられず、通りの角で停車したのが、メグレの目に入った。

タクシーを降りた二人の女は、人目を引いた。正式の喪服と、地面に届きそうなクレープのヴェールに身を包んでいるからだ。

この陽光の下、陽気な日常の賑わいにはそぐわない。メグレはジャジャに小声で言った。

「ちょっと失礼」

ブティーグは心配そうだ。棺を受け取りに行こうとした葬儀屋に、少し待つよう言った。

「遅刻じゃありません?」年かさのほうが尋ねた。「タクシーが迎えに来なかったものですから

「……」

彼女の視線はたちまち、ジャジャとシルヴィをとらえた。

「あちらはどなた?」

「知りません」

「まさか、あの人たちも一緒では……」

もう一台のタクシーが到着し、完全に止まらないうちにドアが開いて、ハリー・ブラウンが一分の隙もない姿で降りてきた。服は黒ずくめ、金髪にはきちんと櫛が入れられ、さわやかな顔色だ。彼に従う秘書も黒服で、生花の花輪を手に持っている。

そのとき、メグレはシルヴィの姿が見えないことに気づいた。そして、彼女が市場の真ん中で花屋の籠の近くにいるのを見つけた。戻ってきたシルヴィはニースのすみれの大きな花束を抱えている。

それを見たからだろうか、今度は喪服に身を包んだ二人の女がその場を離れた。花屋に向かいながら相談しているようだ。年かさのほうが勘定をし、若いほうがミモザを選んだ。

その間、ブラウンは霊柩車から数メートルのところで立ち止まり、メグレとブティーグに向かって会釈しただけだった。

「赦禱(棺の傍で神父が死者の許しを神に祈ること)の手配をしておいたことを、ブラウンさんに言っておいたほうがいいでしょうね」と、ブティーグがため息まじりに言う。

市場の教会にほど近い場所では、人々が活動のリズムを緩め、そうした光景を眺めていた。だが、二十メートルも行けば、いつもどおりの喧噪があり、叫び声や笑い声がして、山盛りの花、果物、野菜が陽光を浴び、大蒜とミモザが匂う。

人夫が四人でかつぐ棺はたいそう大きく、おびただしいブロンズの飾りがついている。ブティーグが戻ってきた。

「どんな棺でも構わなかったようです。肩をすくめていました……」

群衆が二手に分かれて道を開け、馬が歩き出す。ハリー・ブラウンは硬い表情で帽子を手に持ち、自分のエナメル靴の爪先を見ながら前に進む。

四人の女たちはためらった。視線が交わされる。群衆がまた道をふさぎ始めたため、女たちは心ならずも一列に並び、ブラウンの息子と秘書のすぐ後に続く。

教会の扉は大きく開かれ、中には人っ子一人おらず、ありがたいことに涼しかった。

ブラウンは石段の上で棺が霊柩車から出されるのを待つ。儀式には慣れている。注目の的になっていても動じない。

それどころか、好奇心をかき立てられるでもなく、四人の女を冷静に検分していた。

指示を出すのが遅すぎた。土壇場になって、オルガン奏者の手配を忘れていたことに気づいた。

司祭がブティーグを呼び、小声で話す。刑事は聖具室から出てくると、残念そうにこう告げた。

「音楽なしでやるそうです。あと十五分は待たなくてはいけないとのことです。それだけじゃありません！　オルガン奏者はヒモつきだとか……」

何人かが教会に入ってきて、ちらりと見ては出ていく。ブラウンは立ったまま、硬い表情のままで、相変わらず静かな好奇の目で周囲を見ている。

赦禱は手早く、オルガンも聖歌隊もなしで行われた。聖水撒布器で聖水が撒かれる。その後、すぐに四人の担ぎ手が棺を運び出した。

外はすでに生暖かくなっていた。理髪店のウィンドウの前を通ると、白い上っ張りを着た店員が鎧戸を上げていた。男が開け放った窓の前で髭を剃っている。通勤途中の人たちが驚いて振り返る。最高級の豪華な棺とは裏腹に、付き添う人があまりに少ない、寂しい葬列だからだ。

カンヌの二人の女とアンティーブの二人の女は横一列に並んだままだが、あいだには一メートルの隔たりがある。空のタクシーが後に続く。葬儀の責任者であるブティーグはぴりぴりしていた。

「面倒が起きないでしょうか?」

その心配は杞憂だった。墓場も花がいっぱいで、市場と同じくらい色鮮やかだ。大きく口を開けた墓穴の近くに、司祭と、いつの間に来たのか、侍者の少年が待っている。

ハリー・ブラウンが促され、最初に一すくいの土をかけた。それから、女たちが躊躇した。喪服の母親に背中を押された娘が、彼の後に続く。

ブラウンは大股で歩み、墓場の門に待たせていた空車のタクシーにもう乗っていた。

ふたたび躊躇があった。メグレは離れたところにブティーグと立っていた。ジャジャとシルヴィはメグレに別れの挨拶をせずに帰るわけにはいかなかったが、喪服の女たちに先んじられた。ジーナ・マルティニはハンカチを丸め、ヴェールの下で泣いていた。

母親が心配そうに尋ねる。

「あれは息子さんでしょう？　あたくしどもの別荘に来たいとおっしゃるのでは？」

「それはあり得ますな！　わたしには何とも言えませんが……」

「今日、警視さんとお会いできますか？」

だが、彼女が見ているのはジャジャとシルヴィだけだ。二人だけが興味の対象だった。

「あの人たちはどちらから？　あんな人たちの参列を許すなんて……」

どの木でも鳥がさえずっている。墓掘り人夫たちが規則正しいリズムで土をかける。穴が埋まるにつれて、音が柔らかくなっていく。一行は花輪と花束を隣の墓に置いて待った。シルヴィはそちらを向いたままで、目は据わり、唇には血の気がない。

ジャジャは、焦れてきた。メグレと話したくて、ほかの二人が立ち去るのを待っているのだ。暑くて、額の汗を拭っている。立っているのもままならないようだ。

「わかりました。後でうかがいましょう」

黒いベールの女たちが遠ざかって出口へ向かう。ジャジャは安堵のため息を大きくつき、メグレに近づく。

「あれが例の人たち？　彼は本当に結婚してたの？」

シルヴィは後ろに立ったまま、ほとんど埋められた穴を見つめ続けている。

今度はブティーグが苛立っている。会話を聞きに来るほど厚かましくはない。

「息子さんが棺代を払ったの？」

ジャジャは不満そうだ。

「変なお葬式！　なぜかはわからないけど、こんなふうだとは思ってもみなかった。泣こうにも泣けなかったわ……」

今になって、急に感情が押し寄せてきた。ジャジャは墓地を見て、漠然とした不快感にとらわれていた。

「悲しみさえない！　まるで……」

「まるで、何だい？」

「わからない。本当のお葬式だとは思えない……」

そして、ジャジャはしゃくり上げ、目を拭い、シルヴィのほうを見た。

「行こう。ジョゼフが待ってる」

墓守が戸口でせっせと穴子を切り分けていた。


「警視はどうお思いですか？」

ブティーグは気がかりな様子だ。彼もまた戸惑い、何かおかしいと感じていた。メグレはパイプに火をつける。

「ウィリアム・ブラウンは殺されたと思うよ！」

「もちろんです！」

二人は通りをぶらついていた。窓にはもう日除け布がかけられている。今朝の理髪師は戸口に座って新聞を読んでいる。マセ広場で、カンヌの二人の女とジョゼフがバスを待っているのが見える。

「テラスで何か飲みましょうか?」ブティーグが提案する。

メグレは同意した。耐えがたいけだるさに襲われていた。網膜の上にいくつものイメージが次々と現れて交じり合うが、順番に並べようとも思わなかった。

カフェ・グラシエのテラス席で、目を半分閉じてみる。太陽がまぶたを焼く。睫毛が交差して格子状の影をつくり、その向こうでは人間も物も夢幻劇のように見える。

ジョゼフが太っちょジャジャに手を貸し、バスに乗せているのが見える。次に、白ずくめの服を着てヘルメット帽をかぶった小柄な紳士が、紫色の舌を出したチャウチャウ犬を散歩させながらゆっくりと通り過ぎる。

ほかのイメージと現実が交じり合う。ウィリアム・ブラウンが古い自動車のハンドルを握り、二人の女を店から店へと連れて行く。上着の下はパジャマだけで、頬の髯も剃っていない。

息子は今頃〈プロヴァンサル〉に帰り着き、立派な続き部屋で電報を指示したり、電話に出たり、てきぱきと規則正しく大股で行ったり来たりしているだろう。

「妙な事件ですね!」ブティーグはため息をつく。黙っていられないたちの彼が、組んでいた脚をほぐして逆に組み直しながら言う。「オルガン奏者の手配を忘れたのは残念でした!」

「うん! ウィリアム・ブラウンは殺された……」

メグレは自分自身に向かって繰り返した。とにもかくにも、悲劇があったことを確認するために。

カラーが首に食い込む。額が汗ばんでいる。グラスに浮かぶ大きな氷片をもの欲しそうに眺める。

「ブラウンは殺された……。毎月していたとおり、別荘を出て、カンヌに行った。自動車を修理工場に預けた。どこかの銀行か代理人のところへ行き、息子が毎月送ってくれる金を受け取った。それから、数日間を〈リバティ・バー〉で過ごした」

メグレを襲っているのと同じ暑さと怠惰のなかで過ごす数日間。スリッパ履きで、一つの椅子から別の椅子へと移り、ジャジャと飲み食いし、半裸のシルヴィが行ったり来たりするのを眺める数日間。

(金曜日の二時に、彼は出かけた……。五時に自動車を取りに行き、十五分後、別荘の玄関前の石段で、致命傷に倒れた。女たちは彼が酔っていると決めつけ、窓越しにののしった。彼はいつもどおり二千フランほど持っていた……)

口には出さず、睫毛の格子の向こうを次々と通り過ぎる人たちを見ながら、そう考えた。

ブティーグがつぶやく。

「彼が死んで得をするのは、いったい誰でしょうね！」

それはなかなか危険な問いだ。別荘の二人の女？　だが、逆に、彼ができるだけ長生きしてくれたほうが、彼女たちは得するのではないか？　彼が毎月持ち帰る二千フランで、貯金まででききたと言うのだから。

カンヌの女たち？　彼女たちにとって貴重な客の一人で、毎月のうち一週間、家の者全員を食べさせてくれる男、一人には絹の靴下を買う金をやり、もう一人には電気代やガス代を払ってやる男を失うことになる……。

違う！　物質的に得をするのはハリー・ブラウンだけだ。父親が死ねば、もう月に五千フランの仕送りをしなくてもよくなるからだ。

だが、羊毛を貨物船に満載して売る一族にとって、その五千フランがいかほどのものだろう？

ブティーグにとっても、そこが悩みどころだ。

「結局、土地の人たちと同じように、スパイ事件が絡んでいると考えざるを得なさそうですね……」

「ギャルソン！　お代わりを！」メグレが言った。

すぐに後悔した。注文を取り消したかったが、その勇気はなかった！

自分の弱気をさらけ出すのが怖くて、できなかった。メグレは後日、このときのことを、カフェ・グラシエのテラスとマセ広場を思い出すことになる……。

なぜなら、彼にしては珍しく弱気になったときだからだ！　完全に弱気だった！　空気は生ぬるかった。通りの角でミモザを売る少女は裸足で、脚が日に焼けている。

灰色の大きな流線形オープンカーがニッケルの飾りをいくつもつけ、音もなく海岸に向かって走り去る。乗っているのは夏用のゆったりしたズボンをはいた若い女三人と、二枚目俳優のように細い口髭を生やした若い男だ。

ヴァカンスの雰囲気。昨日も、カンヌの港で夕暮れどきに、とくに〈アルデナ号〉で船主が魅力的な肢体の若い娘たちの前で気取っていたとき、ヴァカンスの雰囲気を感じた。

メグレは黒い服を着ていた。パリではいつもこうだ。山高帽を持ってきたが、ここでは無用だ。

目の前のポスターが青い文字でこう告げている。

ジュアン・レ・パン・カジノ
黄金の雨のグラン・ガラ

オパール色のグラスの中で、氷がゆっくりと溶ける。

ヴァカンスだ！　緑やオレンジに塗られた船縁に寄りかかって、波紋のきらめく水底を見つめたり……。傘松の木陰で、大きな蠅のうなりを聞きながら昼寝をしたり……。

知り合いでもない男、たまたま背中をナイフで一突きされた人間のことなど、知るものか！

メグレが昨日までは知らなかった女たち、まるで、彼女たちと寝たのが自分であるかのように面影がつきまとう女たちのことも！

因果な稼業だ！　空気は融けたアスファルトの臭いがする。ブティーグは新しい赤いカーネーションを明るいグレーの上着の襟に挿した。

ウィリアム・ブラウン？　もういい！　彼は埋葬された……。これ以上、どうしろと言うのだ？　メグレに何の関係がある？　ヨーロッパ最大級のヨットを持っていたのはメグレか？　母は厚塗り、娘は大尻のマルティニ母娘と関わり合いになったのはメグレか？〈リバティ・バー〉で底なしの怠惰にぬくぬくと浸っていたのはメグレか？

生ぬるいそよ風が頬をなでる。行き交う人たちはヴァカンス中だ。ここでは、誰もがヴァカンス中！　生活そのものがヴァカンスじみている！

黙っているのが苦手なブティーグでさえ、こうつぶやいている。

「正直に言えば、責任を持たされなくてほっとしていますよ……」

そのとき、メグレは睫毛を通して世界を見るのをやめた。暑さと眠気でうっ血気味の顔を相棒に向ける。瞳は曇って見えたが、ほんの数秒で、明瞭さを取り戻した。

「そうだな！」立ち上がりながら、メグレが言う。「ギャルソン！　勘定を……」

「それはお構いなく」

「そういうわけにはいかない」

メグレは数枚の紙幣をテーブルに放り出す。

そう、この一時間を、後に彼は思い出す。ありていに言えば、もう気に病むのをやめて、すべてをあるがままに放っておき、ほかの皆のように、時の過ぎゆくままに身を任せたい誘惑に駆られたからだ。

しかも、このまばゆい陽気！

「お出かけですか？　何か妙案でも？」

そんなものはない！　陽光を浴びすぎて、頭が回らない。案と呼べるようなものはまったくなかった。嘘はつきたくなかったので、こうつぶやいた。

「ウィリアム・ブラウンは殺された！」

心の中ではこう思っていた。

（あの連中には、そんなことはどうでもいいのだろう！）

そのとおり！　蜥蜴《とかげ》のように太陽で体を温め、夜には「黄金の雨のガラ」に出かける人たちには関係ない。

「仕事に行くよ！」

そう言って、メグレはブティーグと握手した。店を出ていく。自動車をよけるために立ち止まる。三十万フランはする車に乗っているのは、ハンドルを握る十八歳くらいの若い娘一人で、眉を寄せて前方を直視している。

「ブラウンは殺された……」メグレが、また繰り返す。

彼は、南仏を見くびるのをやめつつあった。カフェ・グラシエに背を向ける。そして、誘惑にまた負けないよう、まるで部下に言い聞かせるように言った。

「金曜日の午後二時から午後五時までのあいだ、ブラウンが時間をどう使ったか、突き止めるんだ……」

ということは、カンヌに行かなくてはいけない！　バスに乗らなくては！

メグレはポケットに両手を突っ込み、パイプを嚙みながら、街灯の下で不機嫌にバスを待った。

第六章　恥ずかしい連れ

もう何時間も、メグレはカンヌの警察署でつまらない仕事に甘んじていた。ふだんなら刑事に任せるような仕事だ。だが、今の彼には行動が、いや、行動しているという自己暗示が必要だった。

風紀取締班では、シルヴィは知られていた。名簿に登録されているからだ。

「この娘はこれまで問題ありません！」地区担当の巡査長は言う。「おとなしい娘です。検診もほぼ定期的に受けているし……」

「で、〈リバティ・バー〉は？」

「あの店の話を聞いたんですか？　おかしな店ですよ。どことなくうさん臭いと、われわれもずっと感じていましたし、いまだにそう感じている連中がいます！　なにしろ、毎月のように、あの店のことで匿名の手紙が届きます。まず、太っちょジャジャが麻薬を売っているのでは、と疑うもの。彼女を張り込ませました。ガセネタだったと保証できますよ……。ほかには、店の奥が特殊な嗜好の人たちが集まる場所になっているというほのめかしとか……」

「そうじゃないことは知っている！」メグレは言った。

「ええ。まったくお笑いぐさです……。ジャジャおばさんに惹かれるじいさんたちはもう枯れちまってて、一緒に酔っぱらいたいだけなんです。それに、彼女はちょっとした年金をもらってますよ、旦那が事故で死にましたから……」

「知ってるよ！」

別の部署で、メグレはジョゼフについて調べた。

「競馬の常連ですから、目はつけていますがね、これまでまずいことは何も見つかっていません」

あらゆる線で、収穫はゼロだ。両手をポケットに突っ込み、メグレは街を巡り出した。こわばった顔は不機嫌の証しだ。

手始めに高級ホテルを回り、宿帳を出させた。合間に駅の近くのレストランで昼食をとって、午後三時には、ハリー・ブラウンが火曜から水曜にかけても、水曜から木曜にかけても、カンヌに宿泊しなかったことがわかった。

骨折り損だ。行動のための行動だった！

「ブラウンの息子はマルセイユから自動車で来て、その日のうちに帰ったかもしれない……」

メグレは警察署に戻り、風紀取締班からシルヴィの写真を借りた。ウィリアム・ブラウンの写真は別荘から持ち出して、すでにポケットにある。

そして、今度はがらりと違う雰囲気に身を置いた。小さなホテル、ことに港の周囲の、宿泊だけでなく時間単位で利用できるホテルを回った。

どの宿の主人も、メグレが警察の人間だとすぐに見て取った。彼らは何よりも警察が怖い。

「お待ちください、部屋係に訊いてみますから……」

そして、袋小路のような暗い階段を転げるように下りてきた部屋係がメグレに言う。

「このずんぐりした男？　いいえ！　ここでは見た覚えがありません」

メグレが最初に見せたのはウィリアム・ブラウンの写真だった。次に、シルヴィの写真を見せる。

たいがいどこでも、彼女を知っていた。

「この娘は来たことがあります。でも、少し前です……」

「泊まったかい？」

「いいえ！　同伴で来るときはいつも『休憩』ですよ」

〈オテル・ベルヴュ〉……。〈オテル・デュ・ポール〉……。〈オテル・ブリストル〉……。〈オテル・ドーヴェルニュ〉……。

まだまだあった。大半は狭い通りにあり、そして、大半が目立たず、大きく開いた廊下の脇にある石板の表示が通りすがりに目に入るだけだ――「水道完備、格安料金」

少し格上で階段に絨毯が敷かれている宿もあったし、廊下で人目を避ける男女と出くわして顔を背けられることもあった……。

外に出ると港が目に入り、六メートルの国際級レース用帆船が数隻、引き揚げられているのが見える。

船員たちが丹念に船を磨き上げる様子を、野次馬たちがそこここで見物している。

「波風を立てるな！」という指令をパリで受けた。

結構！　この調子なら、指令どおりだ！　波風はまったく立たない、なにしろ何も見つけられないのだから！

次々とパイプを吹かす。一本の火が消えないうちに、別のパイプに葉煙草を詰める。ポケットにはいつもパイプを二、三本、入れてあるからだ。

この土地にふいに嫌気がさし、怒りを覚えるときもある。女がしつこく貝を売りつけたり、男の子が裸足で駆けてきてメグレの脚にぶつかり、彼の顔を見て大声で笑ったりするからだ。

「この男を知っているかね？」

ウィリアム・ブラウンの写真を見せるのは二十回目だ。

「ここには来たことがありませんね」

「こっちの女は？」

「シルヴィですか？　上にいますよ」

「一人かね？」

宿の主人は肩をすくめ、階段に向かって声を張り上げた。

「アルベール！　ちょっと下りてこい」

垢じみた服を着た部屋係の男が、メグレをじろりと見る。

「シルヴィはまだ上にいるか？」

「七号室です」

「飲み物を注文したのか?」

「何も!」

「それなら、長くはかかりませんよ!」主人がメグレに言う。「彼女に用があるなら、お待ちになればいい」

そこは〈オテル・ボーセジュール〉という宿で、港に平行した通りにあり、真向かいがパン屋だ。

シルヴィにまた会いたいか? 何か尋ねることはあるのか?

メグレは自分でもわからなかった。疲れていた。物腰にとげとげしさが表れ、堪忍袋の尾が切れる寸前のようだ。

ホテルの前で待つのはやめた。向かいのパン屋の女房がウィンドウ越しに皮肉な目で見るからだ。

シルヴィは引く手あまたで、ホテルの階下で順番を待つ客もいるのだろうか? そうなのだ!あの娘の客だと思われたことにメグレは腹を立てた。

時間つぶしにその辺を一回りしようと、通りの端まで行った。岸壁に出たところで、歩道の端に寄せて停車したタクシーを振り返った。運転手が車の傍で行きつ戻りつしている。

なぜピンと来たのか、すぐにはわからなかった。二度、振り返った。車というより運転手のほうに見覚えがある気がして、その顔がふいに今朝の埋葬の記憶とつながった。

「アンティーブから来たんだろう?」

「ジュアン・レ・パンからですよ!」

「今朝、葬列の後について墓地まで来たのはきみだったな」

「はい! それが何か?」

「ここまで乗せてきたのも同じ客か?」

運転手はどう答えるべきか迷いながら、相手を頭のてっぺんから足の爪先まで見た。

「なぜそんなことを訊くんです?」

「警察だ。どうなんだ?」

「同じ客です……。昨日の昼から貸切です」

「客は今、どこにいる?」

「さあ……。あちらに向かって行きましたが……」

運転手は通りの一つを指さし、急に不安になって尋ねた。

「頼みますよ! 料金を払う前には逮捕しませんね?」

メグレはパイプを吹かすのも忘れていた。かなりの時間、身じろぎもせずに、タクシーの旧式のボンネットを見つめていたが、ふいに、二人がもうホテルを出たかもしれないという考えが頭をかすめ、〈ボーセジュール〉へ急いだ。

パン屋の女房はメグレがやって来るのを見て夫を呼び、夫は店の奥から出てきて、小麦粉だらけの顔をウィンドウに近づけた。

（仕方がない！）今のメグレにはどうでもよかった。

「七号室か……」

ホテルの二階を見上げ、カーテンを閉めた窓のうち、どれが七号室か見当をつけようとした。まだ喜ぶわけにはいかない。

だが、もしかしたら……。いや！　偶然ではない。それどころか、この事件で初めて、二つの要素がつながった。

シルヴィとハリー・ブラウンが港のホテルで会っている！

岸壁に突き当たる角までの百メートルを二十回、往復する時間があった。同じ場所に停車したままのタクシーも二十回、見た。運転手のほうも通りの端にやって来て、みずから客を見張るように待ち構えている。

ようやく廊下の突き当たりのガラスのドアが開いた。シルヴィが急ぎ足で歩道に出て来て、あやうくメグレにぶつかるところだった。

「やあ！」メグレが声をかける。

シルヴィは体を硬くした。顔はいつになく青白い。口を開いたが、声はまったく出なかった。

「連れは服を着ている最中かね？」

シルヴィは風見鶏のように首をぐるぐると回した。ハンドバッグが手から落ち、メグレがそれを拾う。彼女はそれを文字どおりもぎ取った。どうしても彼に開けさせたくないらしい。

「ちょっと待ちなさい！」

「ごめんなさい、人を待たせているの。歩きましょう。いいでしょ?」

「ところが、歩きたくないんだ。ことにそっちの方向には……」

シルヴィは大きな目を顔いっぱいにみはり、美しいというより痛ましく見えた。苦しいまでに神経をとがらせ、不安で息もできないようだ。

「わたしに何の用?」

この娘は今にも走って逃げ出すのではないか? そうさせないために、メグレは彼女の片手を取って握った。向かいのパン屋の夫婦の目には、愛情表現に見えるだろう。

「ハリーはまだ中にいるのか?」

「何のことか、わからない……」

「よろしい! 一緒に待とう……。いいかい、お嬢さん! 馬鹿な真似はしないことだ。そのバッグをおとなしく渡しなさい……」

メグレはバッグに手をかけていた。柔らかい布を通して、札束のような感触がある。

「騒ぐんじゃない! 人が見ているだろう……」

通行人たちもだ! 彼らはメグレとシルヴィがたんに料金を巡って口論していると思ったに違いない。

「お願いだから、やめて……」

「だめだ!」

メグレは声を低めて言った。

「静かにしないと手錠をかけるぞ！」

シルヴィは恐怖に目をさらに見開き、気がくじけたのか、それとも観念したのか、顔を伏せた。

「ハリーはなかなか下りてこないな……」

娘は何も言わず、打ち消そうとも、ごまかそうともしない。

「前からハリーを知っていたのか？」

陽がまともに照りつける。シルヴィの顔は汗ばんでいる。

シルヴィは何かいい思いつきはないかと必死で知恵をしぼるものの、考えが浮かばないようだ。

「あの……」

「何だい？」

しかし、何も言わない。気が変わったのだ！　それからは、もう何も言わなかった。唇をきつく噛んでいる。

「どこかでジョゼフが待っているのかい？」

「ジョゼフ？」

彼女は気が動転し、パニックに陥っている。そのとき、ホテルの階段に足音がした。シルヴィは身を震わせ、影に沈む廊下からわざと目をそらす。

足音が近づき、廊下の敷板を踏んだ。ガラスのドアが開き、また閉じて、突然、動きが止まった。

薄暗がりの中、ハリー・ブラウンの姿は見分けがつかなかったが、彼のほうからは二人の姿が見えたのだ！　一瞬だった。彼はふたたび歩き出した。何食わぬ顔をしている。何のためらいもなく、背筋を伸ばしたまま、メグレに軽く会釈して通り過ぎた。

メグレのほうは、シルヴィの力ない手を握ったままだ。もう背中しか見えなくなったブラウンに追いつこうとすれば、その手を離さざるを得ない。

パン屋の窓の下で演じるにはばかげた場面だ！

「一緒に来なさい！」と、彼女に命じた。

「逮捕するの？」

「その心配はしなくていい……」

すぐに電話しなくてはならなかった。どうしてもシルヴィを放すわけにはいかない。周囲にはカフェが何軒かある。そのうちの一軒に入り、彼女を伴って電話室に入った。

数秒ほどで、ブティーグ刑事が電話に出た。

「急いで〈オテル・プロヴァンサル〉へ行ってくれ。ハリー・ブラウンに、丁寧だがきっぱりとした言い方で、わたしが着くまでアンティーブを発たないよう頼んでほしい。外出しようとしても、やめさせてくれ」

シルヴィは抜け殻のようになって、メグレの話を聞いていた。もう気力が失せ、反発する元気もない。

「何を飲む？」テーブルに戻り、メグレが尋ねた。

「何でもいいわ」

メグレはシルヴィのハンドバッグから目を離さない。異様な雰囲気を感じたギャルソンが、二人をじっと見ている。テーブルからテーブルへとすみれの花束を売り歩く少女がやって来たので、メグレは一束受け取ってシルヴィに渡し、ポケットを探って困った顔をした。そして、虚をついてシルヴィのバッグを取り上げた。

「ちょっといいかな？　小銭がないんだ」

あまりに素早く、自然なやり方だったので、シルヴィは抗議する間もなかった。持ち手に添えた指が動く間もなかった。

少女は新しい花束を籠の中で選びながら、行儀よく待っている。メグレは千フラン札の厚い札束の下に、小銭を探した。

「もう行こう！」立ち上がってメグレが言う。

彼も神経質になっていた。早く場所を変えて、詮索好きな人々の視線から解放されたかった。

「気のいいジャジャおばさんの家にちょっと寄ろうか？」

シルヴィは素直についてきた。観念したのだ。彼らは通りを行き交うほかの男女と変わらない二人連れに見えた。ただし、女物のハンドバッグを大事に抱えているのはメグレのほうだった。

「先に入りなさい！」

シルヴィが段を下りてバーに入っていき、奥のガラスのドアへ向かう。チュール布のカーテンの向こうに背中を見せていた男が、二人の姿を見てはじかれたように立ち上がった。

スウェーデン船のスチュワード、ヤンだ。メグレの顔を見て、耳まで赤くなっている。

「またきみか？　悪いが、ちょっと散歩に行ってくれるとありがたいんだが……」

ジャジャは何が何だかわからない。しかし、シルヴィの顔を見れば、尋常な事態でないのは明らかだ。ヤンが出て行くのを、ジャジャはなす術もなく見送るだけだった。

「明日も来るの、ヤン？」

「わからない……」

帽子を手にしたヤンは、メグレの鋭い眼差しに戸惑い、どんなふうに立ち去ればいいか、わからなくなっていた。

「そう……それでいい。さようなら」。メグレはせっかちに言い、ドアを開けてヤンを通し、そして、ドアを閉めた。

すばやく鍵をかける。メグレがシルヴィに言った。

「帽子を脱いでいいよ」

ジャジャがおそるおそる尋ねる。

「あんたたち、ばったり会ったの……」

「そうとも！　ばったり会ったんだ」

ジャジャは一触即発の気配を察し、飲み物を勧めようともしない。その場を取り繕うために、床に落ちた新聞を拾って折りたたみ、料理用ストーブの上の物を見に行く。

メグレはゆっくりとパイプに葉煙草を詰めた。みずからストーブのほうへ行き、新聞紙の切れ端を巻いて、かまどの火を移す。

シルヴィはテーブルの脇に立ったままだ。帽子は脱いで、目の前に置いてある。

メグレは腰を下ろし、ハンドバッグを開いて、汚れたグラスのあいだに紙幣を並べて数えた。

「十八……十九……二十枚……。二万フランだ！」

ジャジャが大儀そうに振り向き、紙幣を見て唖然とした。それからシルヴィを見て、次にメグレを見た。必死に状況を理解しようとしている。

「これは……？」

「ああ！　大したことじゃないよ！」メグレが無愛想に言う。「シルヴィが気前のいい恋人を捕まえた、それだけだ！　彼の名を知ってるかい？　ハリー・ブラウンだ……」

メグレは自宅にいるようにくつろぎ、テーブルに肘をつきながら、パイプを噛んで、山高帽を後ろにずらしている。

「〈オテル・ボーセジュール〉流に言えば『休憩』で二万フランだ……」

ジャジャはずんぐりした指を意味もなくエプロンで拭った。もう何も言おうとしない。呆然としている。

シルヴィは血の気が失せた顔を引きつらせ、誰のほうも見ずに目の前の虚空のみを見つめ、事態が悪いほうへ転ぶのを待ち構えている。

「座っていいぞ！」メグレが言い放つ。

シルヴィは機械的に従う。

「あなたもだ、ジャジャ。いや、待って……。その前にきれいなグラスを出してくれ」

シルヴィは昨日と同じ位置に腰掛けている。昨日はそこで、ガウンを半開きにし、皿のすぐ上に乳房を垂らして昼食を食べていた。

ジャジャがテーブルに酒瓶とグラスを置き、椅子の端に座る。

「さあ、お二人さん、話してくれ……」

パイプの煙がゆっくりと換気窓に向けて昇っていく。窓は青みがかっている。日がもう当たらないからだ。ジャジャがシルヴィを見る。

シルヴィはやはり何も見ず、何も言わず、放心状態、あるいは完全黙秘だ。

「さあ、話してくれ……」

同じ言葉を百回繰り返し、十年待つことになりかねなかった！　ジャジャは胸に顎を埋め、一人でため息をついている。

「何てこと！　こうなるとわかっていれば……」

メグレは苛立ちを抑えきれない。立ち上がって部屋の端から端まで歩き、低い声で言った。

「この調子では、やむを得ないだろうな……」

膠着状態にあることがメグレの癇に障った。じっと動かないシルヴィの脇を通る。一回、二回、三回。

「時間はある。それでも……」

四回目で、とうとう堪忍袋の緒が切れた。無意識に手が出た。片手が若い娘の肩をつかみ、思わず知らず、力が入った。

シルヴィは幼い女の子がぶたれるのを怖がるように、片腕を顔の前まで上げる。

「さあ、どうだ?」

彼女は痛みに耐えかね、沈黙を破った。わっと泣き出すと同時に、叫んだ。

「ひどいわ! 人でなし! 言うもんですか……なんにも! なんにも!」

ジャジャは気分が悪くなっていた。メグレは表情を崩さず、椅子に腰を下ろした。シルヴィは泣き続ける。顔を隠しも、目を拭いもしない。辛さよりも怒りで泣いている。

「……なんにも!……」しゃくり上げる合間に、同じ言葉を機械的に繰り返す。

バーの扉が開く。日に二度もないことだ。客が一人、カウンターに肘をつき、スロットマシンのハンドルを回している。

第七章　指令

メグレは苛々しながら立ち上がった。女たちにどんな計略があるかもわからないので——ひょっとしたらジョゼフの密使が来たのかもしれない——、術中にはまらないよう、みずからバーへ出向くことにしたのだ。

「ご注文は?」

客がひどくあっけにとられた顔をしたので、メグレは不機嫌だったにもかかわらず、吹き出しそうになった。白髪頭のぱっとしない中年男だ。艶めかしい想像をふくらませ、人目を避けながらここに来たのだろう。そうしたら、カウンターの向こうに仏頂面のメグレが現れたというわけだ!

「生《なま》を一杯……」スロットマシンのハンドルを放しながら、客はもごもごと言った。

カーテンの向こうで、二人の女が互いに身を寄せるのが見える。ジャジャが質問する。シルヴィが投げやりに答える。

「ビールはないんですよ!」

少なくともメグレの手の届くところには見当たらない。

「それなら、何でもいいよ。ポルト酒でも……」

メグレが適当な酒をいちばん手近にあったグラスに注ぐと、客は唇を少しだけつけた。

「いくらだい？」

「二フランです！」

まだ日が照っていて暑い通りと、いくつかの人影が動いているように見える向かいの小さなバーと、ジャジャがまた座った店の奥を、メグレは交互に見た。

客はとんだ店に来てしまったと思いながら出て行き、メグレは奥の部屋へ戻って椅子に馬乗りにまたがった。

ジャジャの態度はいくらか変わっていた。さっきはとにかく心配で、何を考えればいいか、わからなかったのだろう。今は心配の的が絞られている。憐れみと共に、いささかの恨みがましさを込めてシルヴィを眺め、考えを巡らしている。「こんな羽目になるなんて、間抜けだね！　こうなったら、そう簡単には切り抜けられないよ！」とでも言いたげだ。

ジャジャは思い切って声を上げた。

「ねえ、警視さん、男ってほんとにおかしなことをするね……」

確信はない。ジャジャ自身がそう感じている。シルヴィも肩をすくめる。

「今朝、あの人はこの子を墓地で見て、気に入ったんでしょうね……。なにしろお金持ちだから……」

メグレはため息をつき、新しいパイプに火をつけ、換気窓のほうへ視線を泳がせた。

重苦しい雰囲気だ。ジャジャは事態を悪化させないよう、だんまりを決めこむ。シルヴィは泣きもせず、もう動きもせずに、何かわからないが次に来るものを待っている。

小さな目覚まし時計だけがせっせと働き続け、白っぽい文字盤の上に、重すぎるように見える黒い針を進めている。

チクタク、チクタク、チクタク……。

その音が実に大きく響くときがあるものだ。中庭に白い猫がやって来て、換気窓のすぐ前に座った。

チクタク、チクタク、チクタク……。

深刻な場面は苦手なジャジャが立ち上がり、戸棚から酒瓶を取り出す。何事もなかったように三つのグラスを満たしてメグレの前に押しやり、もう一つをシルヴィの前に置くが、一言もしゃべらない。

二万フランはテーブルの上、ハンドバッグの脇に置かれたままだ。

チクタク、チク……。

それが一時間半続いた！　一時間半の沈黙。聞こえるのはジャジャのため息だけだ。酒を飲んだせいで彼女の目は光を帯びている。

ときおり、路地で遊ぶ子供の声がする。そのほかは、路面電車の音が遠くで長く尾を引いて響くだけだ。また、バーの扉が開いた。半開きの扉からアラブ人が顔を覗かせ、声を張り上げる。

「ピーナツはいかが？」

彼はしばらく耳を澄ませていたが、応答がないので、扉を閉めて去っていった。

扉がまた開いたのは六時。今度は奥の部屋に、待っていたと言わんばかりの反応があった。ジャジャが立ち上がってバーに駆け寄ろうとするが、メグレの視線を感じてとどまる。シルヴィは無関心であることを示すために顔を背ける。

奥のドアが開く。入ってきたジョゼフが見たのは、まずメグレの背中、それからテーブル、グラス、酒瓶、開いたハンドバッグ、紙幣だ。

メグレがゆっくりと振り返ると、入ってきた男は身じろぎもせず、ただ唸った。

「畜生！」


「ドアを閉めて……。そこへ掛けなさい」

ギャルソンはドアを閉めたが、椅子には腰掛けなかった。眉根を寄せ、怒っている様子だが、冷静さは失っていない。それどころではない！　冷静さを取り戻していた。ジャジャのところに行き、額にキスした。

「やあ……」

それから、シルヴィにも同じようにしたが、彼女は顔を上げない。

「どうしたんだい？」

その瞬間から、メグレは分が悪そうだとわかっていた。だが、そうした場合の常で、身動きがとれないと感じれば感じるほど、固執してしまう。

「どこへ行ってたんだ？」

「当ててみてください！」

ジョゼフはポケットから財布を出し、そこから小さな手帳を出すと、メグレに差し出した。それは身分証明書で、フランスに居住する外国人に発行される種類のものだった。

「遅くなりましたが……。県庁で更新してきました……」

実際、その手帳には今日の日付が記されていた。名前は『ジョゼフ・アンブロジーニ』で『ミラノ生まれ、ホテル従業員』となっている。

「ハリー・ブラウンに会わなかったかね？」

「俺が？」

「最初に会ったのは先週の火曜日か水曜日ではないかね？」

ジョゼフは笑みを浮かべ、「いったい何が言いたいんだ？」という顔でメグレを見た。

「さあ、言うんだ、アンブロジーニ！　シルヴィの恋人だと白状するつもりだろうが……」

「ここで話を聞いてりゃわかるでしょう……。そういう事実はありますよ、たしかに」

「いや、違う！　違う！　お前は体よく言えば、彼女の用心棒で……」

気の毒なジャジャ！　生まれてこのかた、彼女がこれほど不幸せだったことはなかった。強い酒のせいで、物がゆがんで見えているに違いない。ときどき、取りなそうとして口を開く。きっとこう言いたいのだろう。「さあさあ！　あんたたち、仲直りしなさいな！　そんなにいがみ合うようなことなの？　一緒に乾杯しようよ」

ジョゼフのほうは、警察と渡り合うのが初めてでないのは一目瞭然だ。守りを固めている。はったりではなく、完璧な冷静さを保っている。

「それはガセネタですよ」

「だから、この二万フランが何なのか、わからないと言うのか？」

「シルヴィが稼いだんでしょう。彼女くらい器量がよければ……」

「いい加減にしろ！」

メグレは、またもや席を立っていた。狭い部屋を大股で行ったり来たりする。シルヴィは足元を見つめる。ジョゼフのほうは、視線を落とさない。

「まあまあ、一杯飲みなよ！」ジャジャが言う。この隙に酒を注ごうというわけだ。

メグレは決めかねていた。六時十五分を指す目覚まし時計の前で長いこと、立ち止まっていた。向き直ると、こう言い渡した。

「わかった！　二人とも一緒に来てもらう……。逮捕だ！」

アンブロジーニはたじろぎもせず、わずかばかりの皮肉を込めてつぶやいただけだ。

「お好きなように！」

メグレは二十枚の千フラン紙幣をポケットに入れ、シルヴィに帽子とハンドバッグを差し出した。

「手錠をかけようか、それとも、ちゃんと約束してくれれば……」

「逃げたりしませんよ、警視さん！」

ジャジャはシルヴィにしがみついて泣きじゃくる。シルヴィのほうは彼女を振りほどこうとする。太っちょジャジャは通りまで一行を追いかけようとし、それを止めるのは一苦労だった。

街には灯がともっていた。また、もの憂い宵が訪れたのだ。〈オテル・ボーセジュール〉が建つ通りのそばを通る。だが、ジョゼフはそちらを見もしない。

警察署では日勤の班が帰るところだ。秘書は急いでメグレに書類にサインさせた。

「この二人は別々に収監してくれ。おそらく明日、聴取に来る……」

シルヴィは事務室の奥の長椅子に掛けている。ジョゼフは煙草を巻いていたが、制服を着た警官に取り上げられてしまった。

メグレは何も言わずに出て行き、振り返ってもう一度、シルヴィを見たが、彼女は彼を見もしない。メグレは肩をすくめて低くつぶやいた。

「仕方ない！」


バスの座席に落ち着いたメグレは、車内が混雑していることにも、脇に老婦人が立ったままでいることにも気づかなかった。窓ガラスのほうを向き、車列のヘッドライトを目で追いながら、憤然とパイプを吹かしていると、老婦人が身を屈めたらしく、囁く声がした。

「すみませんが……」

メグレは夢から覚めたかのようだった。すぐに立ち上がったものの、まだ燃えている灰をどこに捨てていいかわからず、ひどくうろたえた。その様子があまりにおかしく、後ろの席の男女が吹き出した。

七時半に〈プロヴァンサル〉の回転扉を押し、ブティーグ刑事がロビーの肘掛け椅子に陣取って支配人と話しているのを見つけた。

「どうだね?」

「彼は上にいます……」ブティーグは答え、戸惑った顔をした。

「伝えてくれたんだろう」

「ええ。驚きはしませんでした。抗議されるかと身構えていたんですが……」

支配人は質問するタイミングを待っていたが、口を開いたときには、メグレはエレベーターへ急いでいた。

「警視さん、ここで待ちましょうか?」ブティーグが大声で言った。

「そうしたければ……」

ここ数時間の自分の精神状態を、メグレはよく知っていた。彼は憤慨している。こういう場合、いつものことだ!　だからといって、対処能力を欠いているわけではない。

見込み違いかもしれないという漠然とした予感。その予感は、あのホテルの入り口でシルヴィと出会ったときからあった……。

それなのに、何かに突き動かされて、進んでしまった!

さらにまずいことには、自分が正しいと思いたいがゆえに、なおさら激しく突っ走っている！　エレベーターはグリースをたっぷり塗った鋼鉄らしく滑らかに上昇する。メグレは自分が受けた指令を繰り返していた。

「とにかく波風を立てるな！」

そのためにアンティーブにやって来たのだ！　波風を、スキャンダルを防ぐために！

こんな気分でなければ、ブラウンの続き部屋に入るときにはパイプをしまうだろう。メグレはあえてパイプに火をつけた。ノックして、すぐに入っていく。昨日とまったく同じ様子だ。

一分の隙もない服装のブラウンが行ったり来たりしながら、秘書に指示し、電話を受け、シドニー宛の電報を口述している。

「少しお待ちいただけますか？」

不安な様子は少しもない！　この男は人生のどんな状況にあっても余裕綽々だ！　今朝、あんな異常な状況で父親の葬列を率いたのに、彼が動揺を見せただろうか？　四人の女の存在に、ほんの少しでも面くらっただろうか？

それに、午後、曖昧宿から出るときも動じていなかった！　一秒たりとて躊躇しなかった！

彼は口述を続けた。同時に、メグレの目の前の小卓に葉巻の箱を置き、電鈴を押した。

「電話を寝室に運んでくれないか、ジェイムズ」

そして、現れた給仕頭に注文した。

「ウイスキーを！」

彼の態度のうち、どこまでがポーズで、どこからが地なのだろう？

（教育のたまものだろう！）と、メグレは考える。オックスフォード大学かケンブリッジ大学に通ったにちがいない……。

それは学歴コンプレックスから来る根強い僻みだった。感嘆の交じった僻みだ！

「タイプライターを持って行ってください、マドモアゼル」

そうはいかなかった。ブラウンには、タイピストがメモ帳と鉛筆で手一杯なのがわかった。彼は自分で重いタイプライターを隣の寝室に運び、ドアに鍵をかけた。

そして、給仕頭がウイスキーを運んで来るのを待ち、メグレの前に置くよう指示した。

ようやく二人きりになると、ブラウンはポケットから財布を出し、そこから証印の押された書類を一枚取り出して一瞥してから、メグレに渡した。

「お読みください。英語はおわかりになりますか？」

「あまり得意ではありません」

「それはわたしが今日の午後、〈オテル・ボーセジュール〉で、二万フランで買った書類です」

彼は腰掛けた。その仕草は、あたかもくつろいでいるかのようだ。

「まずは、細々《こまごま》した点をいくつか、ご説明しなくてはなりませんね。オーストラリアにいらしたことはおありですか？　そうですか、それは残念……。父は結婚前、広大な土地を持っていました。フランスの県ぐらいの広さですよ……。結婚すると、オーストラリア最大の牧羊業者となりました。母が、同じくらい広い土地を持参財として嫁いだからです」

ハリー・ブラウンはゆっくりと、無駄な言葉を発せず、言語明瞭を心がけて話す。

「あなたはプロテスタントですか?」メグレが尋ねた。

「わが家は全員そうです。母の実家もそうですよ!」ブラウンは何かもっと言おうとしたが、メグレがさえぎった。

「お父さんはヨーロッパで勉強したのではありませんか?」

「いいえ! まだそういう時代ではありませんでした。ヨーロッパに来たのは結婚してからです。結婚五年、すでに三児の父となってからでした……」

残念ながら見当違いだった。頭の中ですべてを映像化してみる。広大だが簡素な館が敷地の真ん中に建っているさまを大雑把に思い描く。人々は謹厳で長老派の牧師に似ている。

ウィリアム・ブラウンは父親の後を継ぎ、結婚し、子をなし、事業に専念していた……。

「ある日、訴訟のためにヨーロッパへ行く必要が生じました」

「お一人で?」

「一人で来たのです!」

実にわかりやすい! パリ! ロンドン! ベルリン! 紺碧海岸《コートダジュール》! そして、誘惑に満ちたきらびやかな世界で、ブラウンは、莫大な財産を持つ自分は王侯も同然だと気づいた!

「そして、お父さんはあちらに帰らなかったのですな!」メグレはため息まじりに言う。

「ええ! 父が望んだのは……」

訴訟は長引いた。牧羊業者のブラウンとつきあいのあった人々は、彼を歓楽街へ案内した。彼は女たちと関係を持つようになる。

「二年のあいだ、父は度々帰国を延期しました」

「お父さんの代わりに事業を管理したのは誰ですか?」

「母です。母の兄も……。同胞がいろいろと手紙で知らせてきました」

もう結構! メグレは十二分に理解していた! 自分の土地と、羊と、隣人たちと、牧師しか知らなかったブラウンは、派手に羽目を外し、それまで考えもしなかった快楽に身を任せた……。

ブラウンは帰国を延期し、訴訟を長引かせた。訴訟が片づくと、滞在を続ける新たな口実を見つけた……。

ヨットを買った。世界でも数十人しかいない、何でも買えて何でもできる人間の一人だった……。

「お母さんと伯父さんが手を尽くして、お父さんを保佐人の監督下に置いたのですね?」

地球の裏側で、家族は自衛した! 判決を勝ちとった! ある朝ニースで、あるいはモンテカルロで、ウィリアム・ブラウンが目覚めると、月々の扶養料だけが全財産となっていた!

「父は長年、借金をつくり続け、われわれが尻拭いをしてきました……」と、ハリーが言う。

「そして、尻拭いをやめたのですか?」

「ちょっと待ってください! わたしは月に五千フランの送金を続けていました」

メグレは、まだはっきりしない点があると感じていた。何か引っかかる感じを拭い去れず、当てずっぽうに質問した。

「お父さんが亡くなる数日前、あなたはお父さんにどんな申し出をしに来たのですか？」

相手の反応を探ろうとしても無駄だった。ブラウンは動じず、例によって簡潔に答えた。

「いずれにしても、父にもまだ権利はあった、そうでしょう？　父はこの十五年、判決に異議申し立てをしてきました。あちらで大きな訴訟が続いています……五人の弁護士がかかりっきりで。その間、仮の体制で事業をしているものですから、大きな動きがとれずにおります……」

「ちょっと待って。いっぽうの陣営はお父さん一人で、フランスに住み、オーストラリアの法律専門家を代理人として利益を守らせている」

「評判の悪い弁護士たちです」

「なるほど！　対する陣営がお母さん、伯父さん、二人のお兄さんたち、そしてあなたというわけですね……」

「イエス！　そうです！」

「それで、お父さんと縁を切るために、手切れ金としていくら提示したのですか？」

「百万フランです！」

「つまり、お父さんの勝ちというわけですな。その額に比べれば仕送りのほうが安いから、有利な取引だ……。お父さんはなぜ断ったんでしょう？」

「われわれを怒らせるためですよ」

ハリーの言い方はごく穏やかだった。おそらく、怒るという言葉が自分にあまり似合わないことに気づかないのだろう。

「考えが凝り固まっているんです。父は、われわれを安心させたくないんですよ……」

「それで、断った……」

「はい！　そして、こううそぶきました。自分が死んだ後も、面倒が続くようにしてやるからって……」

「どんな面倒？」

「訴訟ですよ！　あちらではそれがひどい頭痛の種です……」

これ以上、説明が必要だろうか？　〈リバティ・バー〉と、ジャジャと、半裸のシルヴィと、生活費を持って来るウィリアムを想像するだけで十分だった……。あるいは、別荘と老若二人のマルティニ、それに彼女たちを市場に乗せていった車を想像すれば十分だ。

それから、ハリー・ブラウンを見てみるといい。敵対する要素、秩序、美徳、法の権化。髪をきれいに撫でつけ、スーツをきちんと着て、冷静で、ややよそよそしいほど礼儀正しく、秘書たちを抱えている……。

「われわれを怒らせるためですよ！」

ウィリアムの面影が、さらに生き生きと浮かんだ！　彼は長いこと、息子にとってもあちらの人々にとっても同様に、秩序とも美徳ともよい教育とも無縁の人間だった……。

敵となり、家族の枠内からきれいさっぱり抹消された……。

要するに、彼は意地を張っていた！　自分に勝ち目がないことはよく承知していた！　自分がもはや呪われた者であることを承知していた！

それでも、彼は家族を怒らせようとした！

そのためなら、彼はどんなことでもできたのではないか？　自分を見捨てた人たち、すなわち妻と義兄と息子たち、つねにより多くの金を稼ぐために働き続ける人たちを怒らせるためなら……。

「父が死んでしまえば、」ハリーが落ち着き払って説明する。「訴訟は立ち消えになり、面倒も、本国で心ない人たちを喜ばせたスキャンダラスな話も、すべて終わる。そうでしょう？」

「そのとおり！」

「そこで、父は遺言状を作成したわけです。妻と子供たちの相続分をなくすことはできません。でも、財産を分割することはできます……。父が誰のためにそうしたのか、ご存じですか？　四人の女性ですよ……」

メグレは吹き出しそうなのをこらえた。それでも、笑みが浮かぶのは抑えきれなかった。マルティニ母娘、それから、ジャジャとシルヴィが、オーストラリアに到着して相続権を主張するところを想像したからだ。

「あなたが手に持っているのが、その遺言状ですか？」

それは形式に則り、正式な手続きを踏んだ長文の遺言状だった。

「父が自分の死後も面倒が続くとほのめかしたのは、このことだったのです」

「内容をご存じだったのですか？」

「今朝までは、まったく知りませんでした。埋葬の後、〈プロヴァンサル〉に戻ると、ある男がわたしを待っていました……」

「ジョゼフという男では？」

「ギャルソンのような男です。その男が写しを見せました……。原本を手に入れたければ、カンヌのあるホテルに二万フランを持ってきさえすればいいと、彼に言われました。ああいう連中は嘘をつかないものです……」

メグレは態度を硬化させた。

「つまり、あなたは遺言状を破棄するつもりだったんですな！　その犯罪にすでに着手していたわけだ……」

ブラウンはさっきと同じく、まったく動じない。

「自分のしていることは承知しています！」彼は冷静に言った。「それに、あの女性たちがどういう人かも承知しています……」

ブラウンは立ち上がり、メグレのグラスが満たされたままなのを見た。

「お飲みにならないのですか？」

「結構です！」

「どこの裁判所だって、わかるはずです」

「い、いあちらの陣営が勝つはずだと……」

何がメグレにこんなことを言わせたのだろう？　見込み違いをして動転したからなのか？

ハリー・ブラウンは顔色も変えず、タイプライターの音がする寝室のドアへ向かいながら、はっきりと言った。

「書類は破棄されていません。警視さんにお渡しします。必要なだけここに留まりますよ……」

ドアがもう開き、秘書が告げた。

「ロンドンからです……」

秘書は電話器を手に持っていた。ブラウンはそれを受け取り、英語でとうとう話し始めた。

メグレはそれを潮に、遺言状を持って部屋を出た。エレベーターのボタンを押したが反応がないので、結局、階段を使い、こう繰り返しながら下りて行った。

「とにかく、波風を立てるな！」

階下ではブティーグ刑事が支配人を相手にポルト酒を飲んでいた。大ぶりで美しいカットグラスのテイスティンググラスだ。手を伸ばせば届くところに瓶が置いてある。

第八章　四人の相続人

ブティーグはメグレの脇に飛んできて、二十メートルも歩かないうちに言った。

「たった今、新発見がありましたよ！　あの支配人は昔からの知り合いで、フェラ岬の同系列のホテル、〈オテル・デュ・カプ〉も担当していて……」

二人は〈プロヴァンサル〉から出てきたところだ。目の前は海だが、夜になればインクの沼よろしく、さざ波さえ立たない。

右手にはカンヌの灯。左手にはニースの灯。ブティーグの手は、蛍のようなニースの灯の先の闇を指している。

「フェラ岬はご存じですか？　ニースとモンテカルロのあいだの……」

メグレは知っていた。今では紺碧海岸《コートダジュール》というものがわかってきた。つまり、それはカンヌに始まりマントンに終わる長い大通りで、六十キロメートルに及ぶその通りには別荘と、点在するカジノと、いくつもの超高級ホテルがある……。

名高い青い海……。山……。宣伝用パンフレットは、あらゆる甘美な風物を約束する――オレンジの木、ミモザ、太陽、椰子の木、傘松、テニス、ゴルフ、サロン・ド・テ、アメリカ風のバー……。

「新発見？」

「そうなんです！　ハリー・ブラウンには、この海岸に愛人がいます！　支配人がフェラ岬を視察で訪れたとき、何度か見かけたそうです。女は三十歳くらい、未亡人か離婚女性で、とても美人らしい。別荘に囲っているようです」

メグレは聞いているのだろうか？　不機嫌な様子で、きらびやかな夜景を眺めている。ブティーグは続けた。

「だいたい月に一度、会いに行くらしいですよ。それが〈オテル・デュ・カプ〉で物笑いの種になっているんです。というのは、ブラウンは女との関係を隠そうと大わらわで……外泊すると、従業員用の階段で部屋に戻り、夜に外出しなかったように装うとか……」

「そいつは滑稽だな！」とは言ったものの、メグレがあまり話に乗ってこないので、ブティーグ刑事はがっかりした。

「もう、彼を監視しないのですか？」

「うん……いや……」

「フェラ岬に行って問題の女性に会わないのですか？」

メグレにはわからなかった！　そんなに沢山のことを同時に考えられないし、今はハリー・ブラウンではなく、ウィリアムのことを考えていた。マセ広場で、メグレは相棒とおざなりに握手し、タクシーに飛び乗った。

「アンティーブ岬への道を行ってくれ。停める所に来たら言うから……」

そして、車の後部座席でまた独りごちた。

「ウィリアム・ブラウンは殺された！」


小さな鉄格子の門、砂利道、それから呼び鈴、扉の上にともる電灯、玄関の足音、半開きになった扉……。

「警視さんでしたか！」メグレを見たジーナ・マルティニはほっと息をつき、脇に寄って彼を通した。

居間で男の声がする。

「どうぞ。今、ご説明しますわ」

男は手帳を手に立ち、年かさの女の上半身は箪笥に入り込んでいる。

「プティフィスさんです。頼みごとがあって来ていただいたんですの……」

プティフィス氏はやせて、貧相な口髭を生やし、疲れた目をしている。

「大手の貸し別荘会社の社長さんです。相談したくて、お呼びしました……」

相変わらず、ムスクが匂う。二人の女は喪服を脱いで、部屋着と古ぼけたスリッパを身に着けている。

すべてが乱雑だった。明かりがいつもより弱いのだろうか？　まるで灰色の濃淡で描いた絵画《グリザイユ》のような印象だ。年かさの女が箪笥から出てきて、メグレに挨拶し、説明した。

「お葬式であの女の人たちを見てから、落ち着かなくて……。それで、プティフィスさんに連絡して、ご意見をうかがおうと……。あたくしが思ったとおり、目録をつくったほうがいいとお考えです……」

「何の目録ですか？」

「あたくしたちの持ち物と、ウィリアムの持ち物の財産目録。午後二時からやっているんですけれど……」

どうりで！　テーブルの上には肌着類の山がいくつもでき、床の上にも雑多な品が散らばり、本が積み重ねられ、肌着の籠がまだ何個もある。

そして、プティフィス氏がメモを取り、品物の名称の脇に印をつけていた。

メグレは何をしに来たのだ？　そこはもう、ブラウンの別荘ではなくなっていた。彼の思い出を探そうとしても無駄だ。箪笥も引き出しも空にされ、すべてが積み上げられ、仕分けられ、選り分けられていた。

「ストーブは元々あたくしのものよ」と、年かさの女が言う。「もう二十年になるわ、トゥールーズの家にあったから」

「何かお飲みになりません、警視さん？」ジーナが尋ねる。

汚れたグラスがあった。貸別荘屋が使ったものだ。彼はメモを取りながら、ブラウンの葉巻を吸っていた。

「いや、結構！　ただ、お知らせしようと……」

何を知らせるんだ？

「……うまくいけば、明日、殺人犯を捕まえられそうで……」

「もうですか？」

女たちはあまり関心を示さない。その代わり、年かさのほうが質問した。

「息子さんにお会いになったんでしょう？　息子さんは何と言っているのです？　どうするつもりなんでしょう？　ここに来て、何もかも持っていくつもりかしら？」

「さあ、わかりません。わたしはそうは思いませんが」

「そうだとしたら、恥知らずですわ！　あんなお金持ちが！　けれど、そういう人たちにかぎって……」

年かさの女は心底、気をもんでいた。彼女にとって拷問に等しい心労だった！　周囲の古物のあれこれを眺めながら、それらを失う恐怖におののいている。

メグレはといえば、財布に手をかけていた。財布を開けて紙切れを一枚、取り出し、二人の女に見せればいいのだ。

二人はすぐさま欣喜雀躍するのではないか？　喜びのあまり、母親のほうは死んでしまうのでは？

数百万フランと数百万フラン！　とはいえ、その何百万フランかを二人が手に入れるのはまだ先だ。それを獲得するにはオーストラリアへ赴き、たいへんな訴訟を経なくてはいけない！

それでも二人は行くだろう！　胸を張って客船に乗り込み、あちらで船を降りる二人が見えるようだ。

あちらでは、実務を任せるのはもうプティフィス氏ではなく、公証人や、代訴人や、弁護士だろう……。

「お邪魔しました。明日、また来ます」

タクシーは門の前に待たせてあった。行き先を告げずに乗り込んだので、運転手はドアを半開きにしたまま、待った。

「カンヌへ……」メグレがようやく言った。

相変わらず、同じ考えばかりが頭をめぐる。

「ブラウンは殺された！」

「波風を立てるな！」

ブラウンのやつめ！　もし傷が胸にあったら、彼が皆を怒らせるために自殺したと考えることもできる。だが、短刀で背中を刺して自殺するなんて芸当は、絶対に無理だ！

メグレはもはや彼に興味をそそられなかった！　この男を旧友のように知っている気分になっていた。

まずは、オーストラリアのウィリアム。金持ちのぼんぼんで、育ちがよく、やや内気で、両親の家に住み、年頃になってふさわしい相手と結婚し、子供をもうけた。

このブラウンは、息子のブラウンとよく似ている。おそらく、たまに心が波立ち、悩ましい欲望が芽生えても、一時的な不調として片づけ、頭から拭い去ったのだろう。

そのウィリアムがヨーロッパに来た。突然、堰が切れた。もう抑えが利かなくなった。あらゆるものに夢中になり、目の前にあらゆる可能性が差し出された……。

そして、ウィリアムはカンヌからマントンにいたるこの大通りの常連となった。カンヌではヨット遊び。ニースではバカラ賭博。その他もろもろ！　あちらへ帰るという考えとは相容れない怠惰……。

「来月こそ……」

翌月にはまた同じことの繰り返しだ！

そして、兵糧攻めにされた。義兄が目を光らせる！　ブラウン家の全員、親戚筋もこぞって防衛態勢に入った！

彼はこの大通りを離れられなかった。この海岸のけだるい雰囲気、寛容、安楽……。

ヨットは手放した。小さな別荘だけが残った。

女についても何ランクか下げ、ジーナ・マルティニに落ち着いた。

倦怠感。無秩序と無気力への欲求。アンティーブ岬の別荘も、まだブルジョワ的すぎた……。

ウィリアムは〈リバティ・バー〉を見つけ出した。ジャジャを……シルヴィを……。

そして、あちらでは、相変わらずご立派なブラウン家全員を相手に、彼らを怒らせるための訴訟を続けた。遺言状によって、死んだ後も怒らせ続けるよう取り計らった。

彼が正しかったか、間違っていたかは、メグレにはどうでもよかった。それでも、父を息子と比べずにはいられない。きちんとした、自制の利いた、バランスのとれた人間であるハリー・ブラウンと。

ハリーは無秩序が嫌いだ。それでも、悩ましい欲望はあった。

それで、フェラ岬に愛人を囲った。美人で世知に長けた未亡人か離婚女性で、控えめな愛人を……。

投宿したホテルにさえ、外泊を知られまいとした！

秩序……無秩序……。秩序……無秩序……。

メグレは審判を下す立場にあった。例の遺言状がポケットにあるのだから。

これから四人の女を闘技場に放り込むこともできる！

ウィリアム・ブラウンの四人の女があちらに到着するさまは、あっと驚く派手な見物になるだろう！　ジャジャとその痛む両足、むくんだ足首、くたびれた胸。気のおけない場所では、やせた体にガウンをまとうのが精いっぱいのシルヴィ……。

それから、年かさのマルティニと、その厚塗りの白粉に覆われた頬！　若いマルティニと、彼女が放つ独特のムスク臭。

車は名高い大通りを走る。カンヌの灯が見える。

（波風を立てるな！）

運転手が〈アンバサドゥール〉の正面でタクシーを停め、メグレに尋ねる。

「どちらへ行きましょうか？」

「結構！　ここでいいよ！」

メグレは支払いをした。カジノは煌々と輝いている。運転手つきの車が数台、到着した。もうすぐ午後九時なのだ。

カンヌからマントンにいたるまで、十二カ所のカジノが同じように光を放っている！　そして、何百台もの高級車も……。

メグレが歩いて〈リバティ・バー〉の小路へ行くと、バーは閉まっていた。明かりもついていない。街灯の光だけが、店の正面のガラスを通して、ぼんやりした光をカウンターとスロットマシンの上に投げかけている。

メグレはドアをたたいた。その音が小路にあまりに大きく響き、驚いた。すぐに、背後で向かいのバーの扉が開いた。ギャルソンがメグレに声をかける。

「ジャジャに用ですか？」

「そうだ」

「どなたです？」

「警視のメグレだ」

「それなら、ことづけがあります。ジャジャはじきに戻りますよ。あなたに待つよう言ってくれと頼まれました。よろしければ、うちの店で……」

「いや、結構」

ぶらぶらしているほうがよかった。向かいのバーには、あまり柄のよくない客が数人いた。どこかで窓が開く。音を聞きつけた女がおずおずと尋ねる。

「あんたなの、ジャン?」

「いいや!」

そして、メグレは小路を行きつ戻りつしながら、こう繰り返していた。

「まずは、誰がウィリアムを殺したかを突き止めなくては!」

午後十時……。ジャジャは来ない。足音が聞こえるたびに、待ち時間が終わるのを期待し、メグレは胸を躍らせた。だが、ジャジャではない……。

視界の端まで五十メートルほど、舗装がお粗末な幅二メートルの小路が続く。一軒のバーの窓ガラスには灯がともり、もう一軒のバーは暗く沈んでいる。

そして、傾いた古い家々の、もはや長方形でない窓!

メグレは向かいのバーに入った。

「ジャジャはどこに行くか言わなかったかい?」

「いいえ! 何か差し上げましょうか?」

メグレが何者かすでに聞いていた客たちは、彼を頭のてっぺんから足の爪先までじろじろと見た。

「いや、結構!」

また歩き始め、通りの角まで行く。ここが恥ずべき世界と、ふつうの生活、活気に満ちて明るく照らされた埠頭の境界だ。

十時半……。十一時……。角から一番近いカフェは〈ハリーズ・バー〉という名だ。昼間、シルヴィを連れたメグレが電話した店だ。中に入り、電話室へ向かう。

「警察の当直につないでくれ。もしもし……警察署？　こちら、メグレ警視。さっき連れて行ったお二人さんに、面会人はあったかい？」

「ええ。太った女が……」

「誰に面会した？」

「最初は、女に……。つぎに、男……。知らなかったものですから……。警視さんから指示がなかったので……」

「どのくらい前？」

「一時間半以上前です。煙草とお菓子を持ってきました……」

メグレは苛々しながら、電話を切った。そして、息をつく間もなく、〈プロヴァンサル〉を呼んだ。

「もしもし……警察です。そう、さっき会った警視。ハリー・ブラウンさんに客があったか、教えてもらえませんか」

「十五分ほど前に、女性が一人。あまり身なりのよくない……」

「ブラウンさんはどこに？」

「食堂で食事中でした。女性は部屋に通しました……」

「彼女はもう帰りましたか？」

「警視さんからのお電話が鳴ったとき、ちょうど降りてきました」

「かなり太った女？　品のない？」

「ええ、そうです」

「タクシーで？」

「いいえ。歩いて帰りました」

　メグレは電話を切り、バーに座ってシュークルート（キャベツの漬物とソーセージ、豚肉、野菜を煮た料理）とビールを注文した。

「ジャジャはシルヴィとジョゼフに会った。ハリー・ブラウンへの伝言を頼まれた。バスで戻るから、三十分はかかる……」

　食べながら、テーブルに置きっぱなしの新聞を読んだ。バンドルで恋人同士が心中したことを報じている。男にはチェコスロヴァキアに妻がいた。

「野菜を召し上がりますか？」

「いや、結構！　いくらだい？　いや、待って。生ビールをもう一杯。黒ビールを……」

　五分後、メグレはまた小路を歩き、〈リバティ・バー〉の暗い窓の近くをぶらついた。

　カジノではもう幕が開いているだろう。ガラ・パーティー。オペラ。ダンス。夜食。ナイトクラブ。ルーレット。バカラ……。

　それが六十キロメートル、ずっと続くのだ！　夜食をとる客が目当ての何百人もの女。客を待ち構える何百人ものカジノ従業員！　女を狙う何百人ものジゴロやダンサーやカフェのギャルソン……。

さらに、プティフィス氏のように、避寒客を当て込んで賃貸・分譲用の別荘のリストを抱える何百人もの実業家……。

カンヌにもニースにもモンテカルロにも、ところどころにほかより暗い一画があり、路地や奇妙なあばら家があり、人影が壁伝いに歩き、年増女と若い女がいて、スロットマシンがあり、店の奥は……掃き溜めだ……。

ジャジャは来ない！　メグレは十回も足音を聞き、そのたびに期待した。とうとう、向かいのバーの前も通りづらくなった。ギャルソンが皮肉な目で見るからだ。

そうしている間にも、ブラウンの土地では何千頭、何万頭という羊がブラウンの使用人に見守られ、ブラウンの草を食《は》んでいる……。何万頭もの羊が毛を刈られている最中かもしれず……地球の裏側は真っ昼間のはずだから……、その羊毛は荷車で運ばれ、それから貨物船に積み込まれる。

船員たち、航海士たち、船長たち……。

ヨーロッパに向かうあらゆる船で、航海士が積み荷に適した温度にするために温度計を確認し、仲買人がアムステルダムで、ロンドンで、リヴァプールで、ルアーヴルで、相場の話をする。

そして、ハリー・ブラウンは〈プロヴァンサル〉で、兄弟から、そして伯父から電報を受け取り、代理人に電話をかける。

さっき、メグレは新聞でこんな記事を読んだ。

イスラム教の指導者、カリフが令嬢を王子に嫁がせ……

続きはこうだ。

インド、ペルシア、アフガニスタン……で盛大な祝宴が開かれた。

さらに、こう書かれていた。

ニースの超高級ホテル、〈パレ・ドゥ・ラ・メディテラネ〉で大晩餐会が催され、出席者のなかには……。

高位聖職者の娘がニースで結婚。六十キロメートル余の大通りでの婚礼。そして、はるか遠くで何十万人もの人々が……。

だが、依然としてジャジャは現れない！　メグレは小路のあらゆる敷石、あらゆる建物の正面を知り尽くしていた。髪を三つ編みにした幼い少女が、窓辺で宿題をやっている。

バスが事故でも起こしたのか？　ジャジャはほかに行く所があったのか？　それとも逃げているのか？

バーの窓の向こうで、猫がガラスに額をくっつけ、足をなめているのが見える。

またもや、新聞記事が思い出される。

紺碧海岸《コートダジュール》からの通信によれば、……の国王陛下がフェラ岬の別邸へ到着。同行しているのは……。

ニースからの報告によれば、グラフォプロス氏がバカラ場で不正な札入れを使用し、五十万フラン余を獲得したものの、その場で逮捕され……。

それから、短い一行が目に入った。

警察の賭博担当副署長が関与。

いやはや！　ウィリアム・ブラウンという男が消されたにしても、月収二千フランのしみったれが話題になる必然性がどこにある？

メグレは怒り心頭に発していた。もう待つのはうんざりだ！　とりわけ、自分の気質に合わないこの土地の雰囲気にうんざりしていた。

いったいなぜ、こんな場所に派遣されたのだ？　しかも、ばかげた指令――「とにかく波風を立てるな！」――を受けて。

波風を立てるな？　それで、もしも彼が、この遺言状、正真正銘の、反論の余地のない遺言状を取り出す気になったら？　そして、四人の女をあちらへ送り込んだら？

足音がする……。しかし、もう振り向きもしなかった！　数秒後、錠に鍵が差し込まれ、くたびれた声が囁いた。

「ここにいたの？」

ジャジャだった。疲れきって、鍵を回す手が震えている。紫色のコートに暗赤色の靴という正装に身を固めたジャジャ。

「どうぞ。ちょっと待ってね……。今、明かりをつけるから……」

猫が彼女のむくんだ足にもうすり寄って、喉を鳴らしている。ジャジャはスイッチを探す。

「かわいそうなシルヴィのことを思うと……」

ようやくパチリと明かりがつけられた。周囲が見える。向かいのカフェのギャルソンが、みっともない顔をガラスにくっつけて見ている。

「どうぞ、入ってちょうだい……。もう限界……。胸がいっぱいで……」

奥のドアが開かれた。ジャジャは赤い火の所に直行し、料理用ストーブのつまみを絞り、鍋の向きを変えた。

「警視さん、どうぞ掛けて。着替えるあいだ、待ってて……」

ジャジャはまだメグレの顔をまともに見ない。彼に背中を向けて、また言った。

「かわいそうなシルヴィ……」

体を引きずって中二階の階段を上り、服を脱ぎながら、声を少し高めてしゃべり続けた。

「可愛い、気のいい娘よ。好きでああなったわけじゃない。でも、いつだって、ああいう子が他人の犠牲になるんだ。よく言って聞かせたのに……」

メグレは食べ残しが載ったままのテーブルの前に座った。チーズに、頭肉のパテに、鰯。

頭上でジャジャが靴を脱ぐ音、スリッパを引き寄せる音がする。そして、腰掛けずにズボンを脱ごうとして跳ねる音がした。

第九章　饒舌

「あんまり胸がいっぱいで、よけい足が腫れそう……」

ジャジャは行ったり来たりをいったんやめて、座っていた。靴はすでに脱ぎ、痛む足を手で機械的にさすりながらも、話すのをやめない。

メグレが下にいると思って声を張り上げて話していたジャジャは、階段の上に彼が現れたのを見てひどく驚いた。

「そこにいたの？　散らかっているけど、気にしないで……。このところ、いろいろあったから……」

メグレは、なぜ上がってきたか問われても、はっきりと言えなかっただろう。というより、彼女が話しているのを聞くうちに、ふいに、中二階をまだ見ていないことに気づいたのだ。

今、彼は階段の上で立ち止まっている。ジャジャは相変わらず両足をさすりながらしゃべり続け、饒舌に拍車がかかりつつある。

「そう言えば、夕食を食べたかしら？　まだみたい……あそこでシルヴィに会ったら気もそぞろになって……」

ジャジャもガウンを羽織ったが、下着は着ていた。鮮やかなピンク色の下着は丈が短く、レースがついていて、でっぷりしてやけに白い身体とはちぐはぐな印象だ。

ベッドは整えられていない。人が見たら、彼がただ話すためだけにここにいるとはとても信じないだろう、とメグレは思った。

ごくふつうの寝室で、思いのほか、みすぼらしくない。ベッドはマホガニー材で、なかなかブルジョワ趣味だ。丸テーブル。整理箪笥。いっぽう、トイレ代わりのバケツが部屋の真ん中におかれ、テーブルの上は化粧品、汚れたタオル、クリームの瓶で雑然としている。

ジャジャがようやくスリッパをはきながら、ため息をつく。

「いったいどんな決着になるのかしら！」

「ウィリアムはここで寝ていたのかい？」

「部屋はここと、下の二つしかないからね」

片隅にすり切れたビロードの寝椅子がある。

「彼はあの寝椅子で？」

「そのときによって……。あたしが寝椅子で寝ることも……」

「それで、シルヴィは？」

「あたしと一緒に……」

寝室の天井はひどく低く、メグレの帽子がつきそうだ。窓は狭く、緑色のビロードのカーテンがついている。電灯には笠がない。

この部屋の日常は容易に想像がつく。ウィリアムとジャジャがここに上がってくるときは、ほぼいつも酔っている。後でシルヴィが帰ってきて、太っちょの横に滑り込む。

だが、目覚めるときは？　外から明るい陽が差し込むと……。

ジャジャはこれまでになく饒舌だ。愚痴をこぼすようにあわれっぽい声で話す。

「賭けてもいい、あたしはきっと病気になる。きっとね！　そう感じるのよ。三年前もそうだった。うちの真ん前で船乗りたちが喧嘩して……一人が剃刀で切りつけられて……」

彼女は立ち上がった。周囲を見回して何かを探したが、探し物が何だったのか、じきに忘れた。

「警視さん、お食事は？　さあ！　何か食べましょう」

メグレが先に立って階段を下りると、ジャジャは料理用ストーブの所へ行き、炭を足して、鍋の中をスプーンでかき混ぜた。

「一人だと、料理をする気がしないのよ。シルヴィが今どうしているかと思うと……」

「ところで、ジャジャ！」

「何？」

「今日の午後、わたしがバーで客の相手をしているとき、シルヴィはあなたに何と言ったんだい？」

「ああ、あのとき！　あの二万フランは何なのって訊いたのよ。そうしたら、あの子は知らないって。ジョゼフの計略だって……」

「それで、夜には？」

「夜って?」

「留置場に面会に行ったときだよ」

「相変わらず同じことを……。ジョゼフはいったいどんな手を使ったのかしらって、不思議がってた」

「シルヴィとジョゼフはもう長いのかい?」

「つきあってるけど、一緒になってはいない。同棲はしていないよ……。シルヴィはジョゼフにどこかで出会った。たぶん、競馬場。とにかく、ここじゃない。彼はあの子の力になると言った。客を世話してやるってね。仕事柄、当然よ! ジョゼフは学があって物知りだから。だけど、あたしは、どうも彼が苦手でね……」

鍋の中には、ジャジャが皿によそったレンズ豆が残っていた。

「いかが? 食べないの? 飲み物をどうぞ……。あたしは、もう何も欲しくない。店の入り口は閉めた?」

メグレは午後と同じように、椅子に馬乗りになっていた。ジャジャが食べるのを見ていた。彼女がしゃべるのを聞いていた。

「知ってる? ああいう人たちは、とくにカジノの男は、あたしたちにはややこしすぎる手を使うのよ。そして、昔から、捕まるのはいつも女。シルヴィもあたしの言うことさえ聞いていれば……」

「ジョゼフは今夜、あなたにどんな用事を頼んだんだい?」

ジャジャは一瞬、何のことだかわからないように、口いっぱいに頬張ったままメグレを見ていた。

「ああ、わかった。息子のことね……」

「何を言いに行ったんだ？」

「二人を釈放するよう手を回してくれって。さもなければ……」

「さもなければ、何だ？」

「もう！　やっぱり警視さんは放っておいてくれないね。でも、あたしが警視さんに逆らったりしなかったのは認めてくれるでしょ。できることは何でもする！　隠していることは何一つないし」

ジャジャの饒舌、あわれっぽい声の原因は察しがついた。

途中でどこぞのビストロに寄ったのだ、元気をつけるために！

「そもそも、いつもシルヴィに注意して、何もかもジョゼフに任せるのはやめなって言っていたのは、あたしなのよ。それで、さっき、何かあると感づいて……」

「それで？」

悲劇的というより喜劇的な光景だった。ジャジャは食べながら泣き出した！　この紫色のガウンを着た太った女が、レンズ豆の皿を前に、子供のようにわんわん泣くのは、なんともグロテスクな眺めだ。

「いじめないでよ……。考えさせて！　思い出してほしいなら……。ねえ！　飲ませてよ……」

「後で！」

「飲ませてくれたら、全部言うから……」

メグレは譲歩し、小さなグラスに酒を注いだ。

「なにを知りたいの？　あたし、何て言ったたっけ？　二万フランを見て……それをポケットに持っていたのはウィリアムかと……」

メグレは明晰さを保つのに苦労していた。だんだん調子が狂ってきた。この土地の雰囲気のせいもあるかもしれないが、それよりもジャジャの話のせいだろう。

「ウィリアム……」

ふいに、わかった！　ジャジャは、二万フランはブラウンのもので、殺されたときに盗まれたと思ったのだ！

「さっき考えたのは、そのことかい？」

「何を考えてたか、もう覚えていない……。どうぞ！　もう食欲がないの。煙草ある？」

「パイプしかやらないんだ」

「どこかに残っていたはずよ……。シルヴィは煙草を切らさなかったから……」

ジャジャは引き出しを探したが、見つからない。

「今でもアルザスにぶち込むの？」

「誰が？　何を？　何の話だい？」

「女たちの……。今はどんな名前？　刑務所よ……。あたしのころは……オーなんとかって名だった……」

「パリにいたのはいつ頃?」

「そう。その話で持ち切りだった。あんまりひどいから、女の囚人たちが集団自殺を図ったとか……。それに、最近、新聞で読んだけど、八十歳の受刑者もいるって。煙草がもうない。きっとシルヴィが持っていったんだ……」

「そこに入るのを、あの子は怖がっているのかい?」

「シルヴィが? さあね……。そのことをバスの中で、帰り道に考えてた。前の席におばあさんがいて……」

「まあ、座りなさい」

「うん……。気にしないで……。あたし、もう何もできない……どこもかしこも具合が悪くて……。何を話していたっけ?」

ジャジャは目に苦しげな色をにじませて額を手でこすり、赤みのある髪の毛の房が頬にかかった。

「悲しいよ……。お酒をちょうだい、ねえ!」

「知っていることをみんな言ってくれたらな」

「だって、あたしは何も知らないよ! 何を知ってるって言うの? まず、シルヴィに会った……。そしたら、案の定! 刑事があたしの横に居座って、あたしたちの話を聞いていた。泣きたくなったよ。シルヴィはあたしにキスしながら、うんと小さな声で、ジョゼフのせいだって言った」

「それから、彼に会ったんだね?」

「そう。そのことはもう言ったでしょ。ジョゼフがあたしに、アンティーブに行ってブラウンに伝えてくれって……。もし……」

ジャジャは言葉を探した。酔っぱらいがよくするように、急に抜け殻のようになった。苦しそうにメグレを見る。今にも彼にしがみついてきそうだ。

「忘れちゃった……。あまり辛く当たらないで……。あたしは、ただのあわれな女……。いつもみんなを喜ばせようとしてきた……」

「だめだ! ちょっと待て」

メグレは彼女の手からグラスをもぎ取った。酔いつぶれてじきに寝てしまうのがわかったからだ。

「ハリー・ブラウンは、あなたに会ったのか?」

「いいえ……ええ……。あの人はあたしに言った。邪魔をするなら、監獄に入れてやるって……」

ジャジャはふいに勝ち誇ったように言った。

「オスゴル! 違う! オスゴルじゃない……それは小説に出てきた名前……。アグノー……そうだ!」

さっき彼女が話していた刑務所の名だ。

「そこではおしゃべりも禁止だって。そんなの、本当だと思う?」

これまで、ジャジャがこれほど支離滅裂な印象を与えたことはなかった。子供に戻ってしまったように見えるときさえあった。

「もちろん、シルヴィが共犯なら、そこへ……」

すると、いつになく、ジャジャが素早く口をはさんだ。頬には熱でもあるように赤みがさしている。

「それにしても、今夜はいろんなことがわかった。あの二万フランが何か、わかったよ。あれはハリー・ブラウンが、ウィリアムの息子が、片をつけるために持ってきた……」

「何の片?」

「何もかもよ!」

ジャジャがメグレを見る目は、勝ち誇ったようでもあり、挑むようでもあった。

「あたしは見かけほどばかじゃないよ。あの息子が、遺言状があると知って……」

「ちょっと待った! あの遺言状のことを知っているのか?」

「先月だった。ウィリアムがあたしたちに遺言状の話をした。四人がここに揃っているときに……」

「四人とは、彼、あなた、シルヴィ、ジョゼフのことかい?」

「うん。いいワインを開けてね、ウィリアムの誕生日だったから……。それで、ずいぶん、いろんなことをしゃべった。ウィリアムはお酒が入ると、オーストラリアのことを話したよ。奥さんのこと、義理の兄さんのこと……」

「それで、ウィリアムは何と言ったんだ？」

「自分が死んだら、面白いことになるだろうって！　遺言状をポケットから取り出して、少し読んでくれた……全部じゃないけど……。ほかの二人の女の名前は読もうとしなかった。いずれ公証人に預けるって言ってた」

「事件の一カ月前に？　そのとき、ジョゼフはハリー・ブラウンを知っていたのか？」

「彼のことだから、どうだか……。仕事柄、顔が広いからね」

「それで、あなたはジョゼフが息子に遺言状のことを教えたと？」

「そうは言ってないよ！　あたしは何も言っていない。ただ、そう考えられなくもない……。ねえ、ああいう金持ちは、他人につけ込まれるのを嫌うでしょう。だから、ジョゼフが息子にすべてを話しに行ったとしたら……。ブラウンの息子はさりげなく、遺言状を手に入れられると助かると言って……。だけど、ウィリアムがもう一通、書かないともかぎらないから、ウィリアムが死んでくれたらなお良いと……」

メグレは油断していた。ジャジャは酒を注いだ。グラスを空けるのを止めようとしたが、遅かった。彼女がまた話し出すと、メグレの顔にひどく酒臭い息がかかった。

しかも、ジャジャは身を乗り出した！　彼のほうに体を近づけた！　謎めいた、もったいぶった顔で。

「死んでくれたら……あたし、そう言った？　そう、お金の話。二万フランで……。たぶん、あと二万フランが後で支払われる。そうだとはかぎらないけど……。あたしは思っていることを言っているだけ。だって、ああいう仕事は、一度に支払われるものじゃないでしょう……。シルヴィのほうは……」

「あの子は何も知らないのか？」

「あたしには何も言わないって、はっきり言ったでしょ！ 誰かがドアをたたいていない？」

ジャジャは急に怖がって身を硬くした。彼女を安心させるため、メグレは仕方なく立って行き、扉を少し開けてみた。戻ると、その隙に彼女はまた飲んでいた。

「警視さんには何も言っていない……。何も知らないから……。わかる？ あたしはあわれな女！ あわれな女よ、夫に先立たれて、そのうえ……」

そこでふたたび嗚咽が始まった。その声は何よりも耐えがたかった。

「ジャジャ。あの日、ウィリアムは二時から五時まで何をしていたと思う？」

彼女は彼を見るが、答えず、泣くのをやめない。だが、嗚咽はさっきほど激しくはない。

「シルヴィはウィリアムより少し前に出かけた。どうだろう、二人が、もしかしたらどこかで……」

「誰が？」

「シルヴィとウィリアムだ」

「どこかでって何のこと？」

「わからないよ、わたしには！ どこかで会って……。シルヴィの容姿は悪くない。それに若い。

ウィリアムが……」

メグレはジャジャから目を離さない。何気ないふりを装って続ける。

「二人はジョゼフの手引きでどこかで落ち合い、そこで彼が一突き……」

ジャジャは何も言わない。だが、必死に理解しようとしているのか、眉根を寄せてメグレを見ている。その様子から、彼女の目がかすみ、考えもはっきりしなくなっていることが見てとれる。

「ハリー・ブラウンが遺言状の内容を知り、犯罪を指示した。シルヴィがウィリアムを、どこか好都合な場所におびき出す。ジョゼフが実行犯となる。そして、ハリー・ブラウンはカンヌのとあるホテルに呼び出され、シルヴィに金を渡した……」

ジャジャは微動だにしない。耳を傾け、驚き、呆然としている。

「ジョゼフは拘留されると、あなたを利用して、釈放させなければばらすとハリーに伝えさせたんだ」

彼女は声を張り上げて叫んだ。

「そのとおり！　そう、そのとおりよ」

ジャジャは立ち上がる。息を弾ませている。声を上げて泣きたいような、笑い出したいような、どっちつかずの様子だ。

突然、ジャジャは両手で頭をはさみ、けいれんのように髪をかきむしり、地団駄を踏んだ。

「そのとおり！　それで、あたしは……あたしは……」

メグレは席に着いたまま、いささか驚いて彼女を眺めた。ヒステリーの発作を起こして失神するのだろうか？

「あたしは……あたしは……」

その動きはまったく予想外だった。ジャジャがふいに瓶をつかみ、床に落とすと、瓶は音を立てて割れた。

「あたしは……」

二枚のドアを通して見えるのは街灯の光だけで、向かいのギャルソンが鎧戸を閉める音が聞こえた。もうかなり遅いはずだ。路面電車の音はとうに聞こえない。

「嫌だと言ってるでしょう！」ジャジャが金切り声を上げた。「だめ！　そんなこと！　嫌だ。そんなの嘘……そんな……」

「ジャジャ！」

だが、名前を呼んでも、彼女を落ち着かせることはできなかった。狂乱の極みに達し、瓶をつかんだときと同じく唐突に身を屈めて何か拾い、叫んだ。

「アグノーは嫌。嘘だ！　シルヴィはやっていない……」

この仕事に就いて以来、これほど目も当てられない光景は初めてだ。ジャジャが手に持っているのはガラスのかけらだった。そして、しゃべり続けながら、こぶしをちょうど動脈のところに押しつけた……。

ジャジャは目を大きく見開いた。様子が尋常でない。

「アグノー……あたし……シルヴィじゃない！」

血流がほとばしったその瞬間、メグレがどうにか彼女の両腕を押さえた。メグレの手とネクタイに、血がかかった。

数秒間、ジャジャはなす術もなく自分の赤い血が流れるのを眺めていた。そして、そのまま膝からくずおれた。メグレはその体を一瞬、支えたが、床にずり落ちるままにして、指で動脈を探って押さえた。

紐が必要だ。夢中で周囲を見回す。コンセントがあり、アイロンのコードが差し込まれている。メグレはコードを抜き取った。そうする間にも、血は流れ続ける。

もう動かないジャジャの所にやっと戻り、コードを手首に巻いて力いっぱい縛った。

通りにはもうガス灯の明かりしかない。向かいのバーは閉まっている。

メグレはどちらに足を向けるか定まらないまま、外に出た。生温い夜気の中、二百メートル先の、より明るい通りへ向かう。

そこからは、カジノのネオン、自動車、港の近くにたむろする運転手たちが見えた。ヨットのマストはほとんど動かない。

交差点の真ん中に、巡査がじっと立っている。

「医者を……。〈リバティ・バー〉へ……。急いで……」

「あの小さな店のことですか?」

「そうだ！　あの小さな店！　とにかく、急いでくれ！」。メグレはじりじりしながら叫んだ。

第十章　寝椅子

　男が二人、慎重に階段を上るが、体は重く、通り道は狭い。そのため、二つ折りにされて肩と足を支えられたジャジャの体は手すりにぶつかり、壁にぶつかり、階段をもこすってしまう。階段を上ろうとして順番を待つ医師がもの珍しそうに周囲を眺め、ジャジャは意識を失った動物のようにかすかにうめく。うめき声はごく弱く、ひどく奇妙な抑揚がついているため、家中に響いているのに出所がわからず、まるで腹話術のようだ。

　メグレは中二階の天井の低い寝室でベッドを整え、それから二人の巡査がジャジャの体を引き上げるのに手を貸した。ぐったりした重い体だが、巨大な大鋸屑《おがくず》人形のようにも見える。

　彼らのそうした骨折りに、本人は気づいているのか？　自分がどこにいるかわかっているのか？　ジャジャはときどき目を開けるが、何も、誰も見ていない。

　たえずうめくが、顔の表情はぴくりともしない。

「だいぶ痛むのでしょうか？」メグレは医師に尋ねた。

　年配の小柄な医師は柔和で几帳面で、こうした内装の部屋に身を置いて戸惑っている。

「痛みはまったく感じていないはずです。神経過敏かもしれません。あるいは、恐怖が原因なのか……」

「状況がわかっているのでしょうか？」

「見たところ、そうではなさそうです。とは言え……」

「泥酔しているんですよ！」メグレは囁いた。「痛みのせいで酔いが醒めたかもしれないと思って……」

二人の巡査は指示を待ちながら、やはり周囲をもの珍しげに眺めている。カーテンは閉まっていない。正面の窓の向こうに、明かりを消した部屋に白く浮き上がる顔が見えた。ブラインドを下ろし、巡査の一人を片隅に連れて行く。

「さっき留置した女をここに連れてきてくれ。シルヴィとかいう娘だ。だが、男のほうは出すな！」

そして、もう一人の巡査に言った。

「下で待っていてくれ」

医師は、やるべきことをすべて終えていた。止血鉗子《かんし》を固定してから、動脈をクリップで留めて元の位置に戻した。今は、相変わらずうなり続ける、この太った女を心配そうに見ている。体裁をつくろうために脈を取り、額と両手を触る。

「先生、こちらへ！」部屋の隅に背中をもたせていたメグレが呼びかける。

彼は声を低めてこう言った。

「彼女がおとなしくしているあいだに全身の診察もしていただけますか。もちろん、おもな臓器のことです」

「いいですよ、お望みなら！」

　小柄な医者は、ますます当惑した。メグレをジャジャの親族かと訝ったに違いない。往診かばんから器具を取り出し、落ち着き払って、だが、さほど熱意もなさそうに血圧を測り始めた。

　納得できない様子で三回測定し、ジャジャの胸の上に屈み込んでガウンの前をはだけ、自分の耳と彼女の胸のあいだに広げる清潔なタオルを探した。だが、室内には見あたらない。医師は自分のハンカチで代用した。

　ようやく体を起こした医師は、顔をしかめている。

「やっぱり！」

「やっぱり、何ですか？」

「この人はあまり長くありませんな！　心臓が極度に衰弱し、肥大もしているし、血圧が恐ろしく高い……」

「というと、あとどのくらい？」

「ああ、それは一言では言えません。自分の患者なら、絶対安静にし、田舎で厳格きわまる食餌療法を受けさせますな」

「もちろん、酒はだめでしょうね！」

「ことに酒はいけません！　完全な摂生をしなくては！」

「そうすれば助かりますか？」

「そうは言っておりません！　一年くらいは延ばせるかと……」

そう言いながら、医師は聞き耳を立てた。周囲の静けさに気づいたのだ。室内の空気に何かが欠けていた。ジャジャのうめき声がしない。

二人がベッドを振り向くと、ジャジャは頭を片腕に載せ、険しい目つきで、胸を上下させてあえいでいる。

彼女は聞いていた。悟ったのだ。自分の容態はこの小柄な医師のせいだと言いたげな顔をしている。

「気分はよくなりましたか？」何か言わないと気詰まりなので、医師が尋ねる。

ジャジャは不満げにまた身を横たえ、何も言わずに目を閉じた。

医師は、自分がまだ必要とされているか、わからなかった。道具をかばんにしまい始め、みずからの指示に従うかのように、ときどき深くうなずいている。

「帰って結構です！」帰り支度を終えた医師に、メグレが言う。「もう心配はないでしょうね？」

「まあ、さしあたりは」

医師が去ると、メグレはベッドの足元の椅子に掛け、パイプに葉煙草を詰めた。薬品の匂いが部屋に充満し、胸が悪くなったからだ。傷を洗うのに使った洗面器も、どこに置けばいいかわからないまま、簞笥の下に隠した。

メグレの心は静かで重かった。視線はジャジャの顔に注がれたままだ。ふだんよりむくんで見える。髪がほとんど後ろにかき上げられて、張り出した大きな額があらわになっているせいだろう。こめかみの上に小さな傷跡がある。

ベッドの左に寝椅子がある。

ジャジャは眠っていない。メグレは確信した。呼吸のリズムが不規則だ。閉じた睫毛がしょっちゅう震える。

彼女は何を考えているのだろう？ メグレがそこにいて、自分を見ているのはわかっている。彼女は今では、自分の肉体が衰え、もう長く生きられないことを知っている。

彼女はどう思っているのだろう？ この張り出した額の中に、どんなイメージが去来しているのだろう？

すると、ふいにジャジャが身を起こし、狂おしい目つきでメグレを見て、叫んだ。

「独りにしないで！ 怖い！ どこなの、あの人は？ どこよ、あの小さい人は？ 嫌だ……」

メグレは彼女に身を寄せて落ち着かせ、思わず言った。

「じっとしていなさい、いい子だから！」

いい子だと！ あわれな太った年増、酒浸りで、足首が腫れ上がり、象のように歩く女なのに。それでも、かつてはあそこで、サンマルタン門近くで、歩道の同じ端を行ったり来たり、何キロメートルも、何キロメートルも歩いていたのだ！

ジャジャはおとなしく頭を枕につけていた。もう酔ってはいないはずだ。階下で巡査が酒瓶を見つけ、店の奥で独酌する音がした。そのせいで、ジャジャは耳を澄ませ、心配そうに尋ねた。

「誰？」

だが、別の音が聞こえた。足音。通りからだ。まだ遠い。そして、女の声が息を切らして尋ねる——急いで歩いているからだ！

「……どうしてバーに明かりがついていないの？　いったい……」

「しっ……。大きな音を立てないで……」

鎧戸を軽くノックする音。階下の巡査が開けに行く。店の奥でまた物音がして、ようやく誰かの足音が階段を駆け上がって来る。

ジャジャはうろたえ、不安げにメグレを見る。メグレがドアに向かうのを見て、ほとんど叫び出しそうになった。

「きみたちは、もう行っていいよ！」メグレは巡査にそう声をかけながら、シルヴィを部屋に通した。

シルヴィは部屋の真ん中で急に立ち止まり、あまりに激しく鼓動する心臓を片手で押さえた。帽子を忘れている。事情が飲み込めない。目はベッドに釘付けだ。

「ジャジャ……」

階下では、すでに飲んでいた巡査がもう一人に酒を注いでいるらしく、グラスのぶつかり合う音がする。それから入り口の扉が開き、そして閉まった。足音が港のほうへ遠ざかる。

メグレはほとんど音を立てず、ほとんど動かないので、存在を忘れられそうだった。

「ジャジャ、かわいそうに……」

だが、シルヴィはベッドに身を投げ出しはしなかった。そうできなかった。ジャジャの冷たい視線のせいだ。

シルヴィがメグレのほうを向き、口ごもりながら尋ねる。

「これは……？」

「これは、何だい？」

「いいえ……。何と言えば……。ジャジャはどうしたの？」

奇妙なことに、ドアが閉じているにもかかわらず、遠くに置いてあるにもかかわらず、目覚まし時計のチクタクいう音がひどく速く、ひどく激しく聞こえる。めまいがして、時計が壊れるのではないかと思うほどだ。


ジャジャの新たな発作が始まりつつあった。そのせいで、巨大で柔らかい体全体に徐々に力がみなぎり、目が光り、のどの乾きが増しているのが見て取れる。だが、彼女は身を硬くしている。自分を抑えようと努めていた。いっぽう、シルヴィは途方に暮れ、何をすればいいのか、どこへ行けばいいのか、どんな姿勢でいればいいのかもわからず、部屋の真ん中で頭《こうべ》を垂れ、胸の前で両手を合わせたままでいる。

メグレはパイプをくゆらせた。もう苛立っていない。すべてが解決できたとわかっているからだ。

もはや不明な点はないし、意外な展開もあり得ない。どの人物もそれぞれの位置についている。

マルティニ母娘は別荘で、プティフィス氏の手を借りて目録づくりを進めている。ハリー・ブラウンは〈プロヴァンサル〉で、熱意もなく捜査の決着を待ちながら、電話と電報で事業を指揮している。ジョゼフは留置場だ……。

そして、ここではジャジャがとうとうしびれを切らし、感情を抑えきれずに起き上がった。怒りを込めてシルヴィをにらむ。自由になるほうの手で彼女を指さす。

「この子だよ！　この子は毒を持ってる！　こいつが……」

知っているかぎりの汚いののしり言葉をぶつけた。涙がまぶたから溢れ出す。

「あたしはこの子が憎い！　わかったかい！　憎い！　この子だよ！　この子が、ずっとあたしをだましてた！　この子があたしを何て呼んだか知ってる？　ばゝあ！　そう！　ばばあ！　あたしは……」

「寝なさい、ジャジャ」。メグレが言った。「痛みがひどくなるよ」

「おや！　警視さん」

そして、ふいにまた勢いを取り戻して言った。

「あんたの好きなようにはさせないよ！　アグノーなんかに行くもんか……。わかったね！　それとも、この子も行くか……。嫌だ……。嫌だ……」

のどがからからになったジャジャは、無意識に、飲み物を周囲に探した。

「酒瓶を持ってきてくれ！」メグレはシルヴィに言った。

「でも……、ジャジャはもう……」

「いいから……」

メグレは窓へ歩み寄り、向かいの家からもう覗かれていないのを確かめた。ともかく、窓ガラスの向こうには何も見えない。

通りの端のでこぼこした敷石……。街灯……。向かいのバーの看板……。

「警視さんは、どうせシルヴィをかばうんでしょう、あの子は若いから。もしかしたら、もう誘いをかけられたんじゃないの、あなたも……」

シルヴィが戻ってきた。目の下に隈をつくり、疲れた体で、ラム酒が半分ほど入った瓶をメグレに手渡した。

ジャジャは薄笑いを浮かべて言った。

「もう死ぬんだから、いいでしょ？　お医者の話はちゃんと聞こえたよ……」

だが、まさにそのせいで、彼女はうろたえている。死ぬのが怖いのだ。目がおびえている。それでも、ジャジャは瓶を手に取った。傍らの二人を交互に見ながら、ごくごくと飲んだ。

「死にかけのばばあだよ！　でも、死にたくない！　この子があたしより先に死んじまえばいいんだ。だって、この子が……」

ジャジャは急に話すのをやめた。考えの脈絡を失った人のようだ。メグレはじっと待った。

「この子は白状したの？　したに決まってる、そうじゃなければ出してくれないもの……。あたしも、この子が出てこられるように頑張った。本当はジョゼフに言われて息子に会いにアンティーブに行ったんじゃない。あたし一人でしたこと……。わかる？」

わかるとも！　メグレにはすべてわかっていた！　一時間も前から、教えてもらうことはもう何もなかった。

メグレは寝椅子のほうを指して言った。

「あそこで寝ていたのはウィリアムではなかった、そうだね？」

「ええ、ウィリアムはそこでは寝なかった！　ここで、あたしのベッドで寝た！　ウィリアムはあたしの愛人だった！　ウィリアムはあたしのために、あたしだけのために、ここに来た。寝椅子に寝ていたのは、シルヴィよ。あたしが親切心で泊めてやった……。もうはっきりわかったでしょう？」

ジャジャはしゃがれた声を張り上げてそう言った。それから、とめどなくしゃべり続けた。心の奥底から言葉が湧き出る。ジャジャの心の内がすべて、さらけ出された。本当のジャジャ、裸のジャジャだ。

「あたしがウィリアムを愛し、あの人もあたしを愛した、それが本当のことよ！　ウィリアムはわかってくれた──あたしは学がなくてものを知らないけど、それはあたしのせいじゃないって……。あの人、あたしのそばにいると幸せだって……そう言ってくれた。帰っていくときは辛そうだった。そして、ここに来るときは、やっと夏休みに入った小学生みたいだった」

ジャジャは話しながら泣くので、奇妙なしかめ面になり、ランプシェードのピンク色の光を浴びて、ますます不気味に見えた。

片腕が器具に吊られているせいで、よけいに気味が悪い。

「それで、あたしは疑いもしなかった！　ばかだった！　こういうときはいつも、ばかなんだ！　この娘をうちに入れて、面倒を見たのはあたし。若さがちょっとあれば、うちの中が明るくなると思って……」

シルヴィは動かない。

「見てごらん！　この子はあたしのことを、またせせら笑ってる！　いつもそうだったのに、あたしときたら、太っちょの大ばかだから、てっきり照れ隠しだとばっかり。すっかりだまされて……。この子があたしのガウンを着て、見せられるところは全部見せて、あの人を誘惑していたなんて！　この子はあの人が欲しかった！　この子と、ヒモのジョゼフは……。なにしろ、ウィリアムにはお金があったからね！　そして、この子たちは……。そう！　あの遺言状……」

ジャジャは瓶をつかみ、ごくごくと喉の音が聞こえるほど勢いよく飲んだ。その隙にシルヴィが、メグレに哀願するような眼差しを投げかける。シルヴィはもう立っているのもやっとだ。足元がふらついている。

「ジョゼフはここで遺言状を盗んだのよ。いつかはわからないけれど。きっと、みんなで飲んだ夜……ウィリアムが遺言状のことを話した夜よ。ジョゼフは、その紙切れを手に入れるためなら息子がかなりのお金を出すと踏んだんだろう……」

メグレはほとんど聞いていなかった。推理したとおりだったからだ。話を聞く代わりに、寝室、ベッド、寝椅子を眺めていた……。

ウィリアムとジャジャ……。

そして、寝椅子にはシルヴィ……。

あわれなウィリアムはもちろん、比べていたことだろう……。

「どうも怪しいと思った。昼食の後、シルヴィが出かけるとき、ウィリアムに目配せするのを見たから……。そのときはまだ、そんなことだとは思わなかった。でも、あの子が出て行ったすぐ後で、今度はウィリアムがもう行くって言った。ふだんは夕方前にはけっして出かけないのに……。あたしは何も言わず、服を着た」

決定的な場面だ。メグレはずいぶん前から、その場面を頭の中で再現していた！　ちょっと立ち寄ったジョゼフのポケットには、もう遺言状が入っていた！　シルヴィはいつもより早く身支度し、食後すぐに出かけられるよう、外出着姿で食べた。

シルヴィの視線をジャジャは見とがめた。ジャジャは何も言わずに……食べて……飲んだ……。

だが、ウィリアムが出かけたとたん、部屋着の上にコートを引っ掛けた。

バーにはもう誰もいない。家はもぬけの殻だ。扉が閉められた。

彼らはそれぞれを追いかけた。

「あの子がどこでウィリアムを待っていたか、わかる？〈オテル・ボーセジュール〉よ。あたしはばかみたいに通りを行ったり来たりした。ホテルの部屋のドアをたたいて、シルヴィに、あの人を返してって言いたかった……。通りの角に刃物店があった。それで、二人が……二人があそこの部屋にいるあいだ、ショーウィンドウを見ていた……。その後は覚えていない。体のあちこちが痛かった。店に入った。折り畳みナイフを買った。あたしは泣いていたと思う……。

そして、二人は一緒に出てきた……。ウィリアムは別人のように若返って見えた。シルヴィをお菓子屋に連れて行って、箱入りのチョコレートまで買ってやった。二人は自動車修理工場の前で別れた……。

それで、あたしは駆け出した。ウィリアムがアンティーブに帰るのはわかっていたからね……町外れで待ち伏せした。暗くなり始めていた。ウィリアムはあたしを見て……車を停めた。それで、あたしは言ってやった。『もう……もう！　こうしてやる！　あの子も！』」

ジャジャはベッドに倒れ込んだ。体を縮こまらせ、顔は涙と汗でぬれている。

「ウィリアムがどうやって帰って行ったかも、わからない。あたしを押し返して、車のドアを閉めたはず……。あたしは道の真ん中に一人っきりで、もう少しでバスにひかれるところだった……。ナイフはもう持っていなかった。きっと車の中に残してきたんだ」

メグレがただ一つ、考えていなかった細部だ。ナイフはウィリアム・ブラウンが、すでに目がかすんでいたにもかかわらず、機転を利かせて藪の中に捨てたのだろう！

「あたしは遅く帰ってきた……」

「ああ。ビストロに寄って……」

「ベッドに入っても眠れなくて、気分が悪くて……」

そして、ジャジャはふたたび体を起こした。

「だけど、アグノーには行かない！　行かないよ！　連れて行こうとしてごらん！　お医者が言ったんだ、あたしは死ぬって。そして、このあば……」

椅子が動く音がした。椅子を引き寄せたシルヴィが、斜めに座った格好で気を失った。ゆっくりと徐々に気を失っていく。演技ではない。鼻孔が閉じて、血の気が失せている。目は落ちくぼんでいた。

「この子は罰が当たったのさ！」ジャジャが叫ぶ。「放っておけばいい！　でも、それじゃだめ。わからない……。もう、わからない……。もしかしたら、全部、ジョゼフが仕組んだのかも……。シルヴィ……あたしの可愛いシルヴィ……」

メグレは若い女の上に屈み込んだ。手を、頬を、軽くたたく。

ジャジャが瓶をつかんでまた飲むのが見えた。流し込むように酒をがぶ飲みし、ひどくむせている。

そして、太っちょ人形はため息をつき、枕に頭を埋めた。

それを見届けたメグレは、シルヴィを腕に抱いて階下に下り、彼女のこめかみを冷たい水で濡らした。目を開けた彼女は、真っ先にこう言った。

「違うの」

救いようのない、深い絶望。

「さっきの話が違うことを、警視さんにはわかってほしい。自分をよく見せようっていうんじゃなく……。とにかく違うの。わたしはジャジャが好き！　あれはウィリアムが望んだこと。わかってもらえます？　もう何カ月も前から、ウィリアムはわたしを変な目で見てて……どうしてもって言われて……。断れるわけないでしょう、わたしは毎晩、いろんな人と……」

「シーッ！　小さな声で……」

「聞かれたっていいの！　ジャジャだって、よく考えれば、わかるはず……。ジョゼフにだって言いたくなかった、つけ込まれるのが嫌だったから。あたしがウィリアムに待ち合わせの時間と場所を言って……」

「一回だけ？」

「一回だけ。もちろんよ！　チョコレートを買ってくれたのは本当よ……。彼、はしゃいでいた。あんまりはしゃいで、怖いくらいだった。ふつうの女の子みたいに扱ってくれて……」

「それだけ？」

「ジャジャがやったなんて、知らなかった。本当よ！　誓うわ！　むしろジョゼフじゃないかと思って……。怖かった。ジョゼフから、また〈ボーセジュール〉に行くように言われた。そこである人がお金をくれるからって……」

そして、声を潜めて言った。

「わたしにできることは？」

階上で、またうめく声がした。さっきと同じうめき声だ。

「怪我はひどいの？」

メグレは肩をすくめ、二階に上がって、ジャジャが眠っているのを見た。疲れ果てて眠り、あんなうめき声を出したのだ。

下りて行くと、シルヴィは神経をとがらせて家の物音に聞き耳を立てていた。

「眠っているよ！」と、メグレは囁いた。「シーッ」

シルヴィはわけがわからずに、おびえた目でメグレを見る。メグレはパイプに新しい葉煙草を詰めた。

「ジャジャのそばにいてやりなさい。目を覚ましたら、わたしは帰ったと言ってくれ。もう二度と来ないとね……」

「でも……」

「ジャジャに、夢を見ていたんだと言いなさい。悪い夢だったと……」

「でも……。わからないわ。ジョゼフは？」

メグレはシルヴィの目を見つめた。両手はポケットの中だ。ずっとそこにあった二十枚の紙幣を取り出した。

「ジョゼフを愛しているのか？」

彼女は答えた。

「この仕事には男が必要だって、知ってるでしょう！　男がいないと……」

「ウィリアムのことは？」

「それは別よ。あの人は住む世界が違う。ウィリアムは……」

メグレは入り口に向かって歩いた。最後に、鍵を錠に差して回しながら振り返り、言った。

「もう誰にも〈リバティ・バー〉の話をさせないことだ。わかったね？」

扉が開くと、外の空気は冷たかった。地面から霧のような湿気が立ちのぼっているせいだ。

「警視さんが、こういう人だとは思わなかった……」。どう言えばいいかわからないままに、シルヴィがつぶやく。「わたし……誓って言うわ。ジャジャは……この世でいちばんいい人よ……」

メグレは振り返り、肩をすくめて、港のほうへ歩き出した。街灯の少し先まで来て立ち止まり、消えていたパイプに火をつけ直した。

第十一章　色恋沙汰

メグレは組んでいた足をほどき、相手の目を見て、証印のある一枚の紙を差し出した。

「よろしいのですか?」ハリー・ブラウンは、秘書とタイピストがいる部屋のドアを気にしながら尋ねた。

「これはあなたのものです」

「はっきり申し上げますが、あの人たちに補償金を支払う用意はあります。たとえば、一人につき十万フランくらい……わかっていただけますね？　金の問題ではないのです。体面の問題です。もしも、あの四人があちらに来て……」

「わかります」

窓の外にはジュアン・レ・パンの浜が見えて、砂の上に大勢の人が水着姿で寝そべり、三人の若い女が、背が高くやせた男性講師と体操をし、アルジェリア人がピーナツの籠を持って客から客へと売り歩いている。

「どう思われますか、十万フランで?」

「十分でしょう！」メグレは立ち上がりながら言った。

「お飲みになっていませんよ」

「結構です」

きちんと身づくろいをしてポマードを塗ったハリー・ブラウンは、一瞬とまどってから、思い切って言った。

「実は、警視さん。一時はあなたのことを敵だと思いました。フランスでは……」

「はい」

メグレはドアへ向かう。後を追うブラウンは、いささか自信が揺らいだ様子で続けた。

「……スキャンダルをあまり気にしないようですね、わたしどもの国と違って……」

「失礼します！」

メグレは会釈し、手は差し出さずに、羊毛事業の事務所と化したホテルの部屋を去った。

「フランスでは……。フランスでは……」。深紅の絨毯を敷いた階段を下りながら、メグレはつぶやいた。

それで、フランスではどうなんだ？　ハリー・ブラウンと、フェラ岬の未亡人だか離婚女性だかの関係を何と呼ぶ？

色恋沙汰！

それなら……ウィリアムとジャジャ、そしてシルヴィのことは？

浜に沿って歩くには、大勢の半裸の体をよけて通らなくてはいけない。メグレは色鮮やかな水着の映える日焼けした肌のあいだを縫って進んだ。

ブティーグは体操の講師の小屋の近くで待っていた。

「どうでした?」

「捜査は終了! ウィリアム・ブラウンを殺したのは面識のない犯人で、彼の財布が目当てだった……」

「しかし……」

「何だね? 波風を立てるな! そういうことだ」

「それでも……」

「波風を立てるな!」メグレは青い海を見ながら繰り返した。凪いだ水面をカヌーが進む。ここに波風の立つ余地などあるだろうか?

「あそこの緑色の水着を着た若い女が見えますか?」

「貧弱な腿だな」

「ところがですよ!」ブティーグが勝ち誇って声を上げた。「誰だか見当もつかないでしょう。モロウの娘ですよ」

「モロウ?」

「ダイヤモンド業者ですよ。十指に数えられる富豪で……」

陽光が熱い。くすんだ色のスーツを着たメグレは、裸体の肌色のなかで染みのように目立つ。

カジノのテラスから音楽が流れてきた。

「何か飲みませんか?」

ブティーグのほうは、明るいグレーのスーツを着て、襟のボタン穴に赤いカーネーションを挿している。

「最初に申し上げたでしょう、ここでは……」

「うん、ここでは……」

「この土地がお嫌いですか?」

そして、芝居がかった身振りで、目がさめるように青い湾、アンティーブ岬、緑の中に点在する明るい色の別荘、シュークリームのように黄色いカジノ、散歩道の椰子の並木を、それぞれ指さして見せた。

「あそこに見える、太って縞模様の小さな水着を着た男は、ドイツの新聞界のドンですよ」

目が灰緑色で一睡もしていないメグレは、不機嫌に言った。

「それで?」


「鱈《たら》のクリーム煮でよかったかしら?」

「きみには想像もつかないくらい嬉しいよ!」

リシャール＝ルノワール通り。メグレのアパルトマン。開いた窓から、貧弱なマロニエ並木が見える。まだ木々の葉はちらほらとしかついていない。

「今回はどんな事件だったの?」

「色恋沙汰さ！　だが、『波風を立てるな』って釘を刺されたから……」

　両肘をテーブルにつき、メグレは鱈を美味そうに食べている。話をするときも、口いっぱいに頬張ったままだ。

「あるオーストラリア人が、オーストラリアと羊に飽きて……」

「どういうこと?」

「あるオーストラリア人が、羽目を外したくなって、そうした」

「それから?」

「それから?　つまらん話さ！　そうしたら、奥さんと子供たちと義理の兄が仕送りを打ち切って……」

「面白くもないわ！」

「まったく！　そう言っただろう。そいつはそこに、紺碧海岸《コートダジュール》に住み続け……」

「とてもきれいな所なんですってね」

「すばらしいよ！　そいつは別荘を借りた。そして、独りで寂しかったもんだから、女を連れてきた」

「わかってきたわ！」

「まだだよ。ソースを取ってくれ。玉ねぎが少ないな」

「パリの玉ねぎだから味がなくて……。五百グラムも入れたのに……。さあ、続きを……」

「女は別荘に住みつき、彼女の母親も住みついた……」

「母親？」

「うん。そして、オーストラリア人はもう彼女に魅力を感じなくなり、よそに楽しみを求めた」

「愛人をつくったの？」

「ちょっと待て！　すでに一人、いるんだよ！　母親もね。そいつはあるビストロを見つけ出した。一緒に飲んでくれる、気のいい年増も……」

「酒飲みだったの？」

「そうとも！　二人で酔っぱらうと、世界が違って見えたんだ。自分たちが世界の中心にいた。いろんな話をした……」

「それで？」

「気のいい年増女は、ついに来たと思った」

「来たって、何が？」

「愛してくれる人だよ！　ついに見つけたと思ったんだ、魂の伴侶を！　そして、すべてを……」

「すべてって、何？」

「つまらん話さ。似合いの二人だった！　同年輩で……同じように酔っぱらうことのできるカップル」

「何が起きたの?」

「家に置いてやっている若い女の子がいた。名前はシルヴィ。男はシルヴィに惚れ込んだ……」

メグレ夫人は非難の眼差しで夫を見た。

「いいかげんな話ね?」

「本当の話だよ! 男はシルヴィに惚れ込み、シルヴィは嫌がった、年増女のためにね。そのうち、嫌がってもいられなくなった。何と言っても、オーストラリア人が中心人物だったからね」

「よくわからないわ」

「まあ、いいさ。オーストラリア人と女の子はホテルで落ち合い……」

「年増を裏切ったわけ?」

「そのとおり! わかっているじゃないか! それで、年増が感づき、前後の見境がなくなって、愛人を殺した。……この鱒は絶品だね」

「まだわからないわ」

「何がわからない?」

「なぜ、年増女を逮捕しないかよ。だって、要するに彼女が……」

「まったく、つまらん話さ!」

「どういうこと、つまらん話って?」

「皿を取ってくれ……。『とにかく波風を立てるな』と言われた……。つまり、騒ぎを起こすなってことだ! だって、オーストラリア人の息子たちも、妻も、義理の兄さんも、大物だからね……。遺言状を法外な値で買い戻せる人たちだ」

「今度は遺言状？　どういうこと？」

「あんまり込み入った話だからな。要するに色恋沙汰なんだよ。年増女が、同年輩の愛人を殺した。彼が若い女と浮気したから」

「それで、彼女たちはどうなったの？」

「年増のほうはもう三、四カ月の命だろう……。何を飲むかにもよるが……」

「何を飲むか？」

「うん。これは酒の沙汰とも言える」

「込み入ってるのね！」

「きみが思うよりもね！　殺しをやった年増女は、もって三、四カ月、あるいは五、六カ月の命だ。両脚がむくんで、足がたらいに浸かってる」

「たらいに？」

「医学事典によれば、水腫で死ぬときは……」

「若いほうは？」

「そっちはもっと不幸せだ。年増を母親のように慕っているからね。それに、ヒモに惚れているし……」

「ヒモ？　わからないわ……。ちゃんと説明して」

「そして、ヒモは競馬で二万フランをすってしまうんだ！」メグレは食べるのをやめずに淡々と言った。

「二万フランって？」

「まったく、下らん！」

「何のことだか、さっぱりわからない！」

「同感だよ。いや、むしろ、わかりすぎたか。『波風を立てるな』と言われたんだからな。こんなところだ！　もうこの話はおしまいにしよう……。悪いほうに転んだ、あわれな色恋沙汰だ」

ふいにメグレが言った。

「野菜はないのか？」

「カリフラワーにしたかったけれど……」

メグレは心の中で言い換えた。

「ジャジャは愛したかったけれど……」

訳者あとがき

本書『紺碧海岸のメグレ』はジョルジュ・シムノン著、一九三二年刊行の *Liberty Bar* の全訳である。原著がフランス語で書かれているのにタイトルが英語なのは、作中のバーの名前がそのまま使われているためだ。

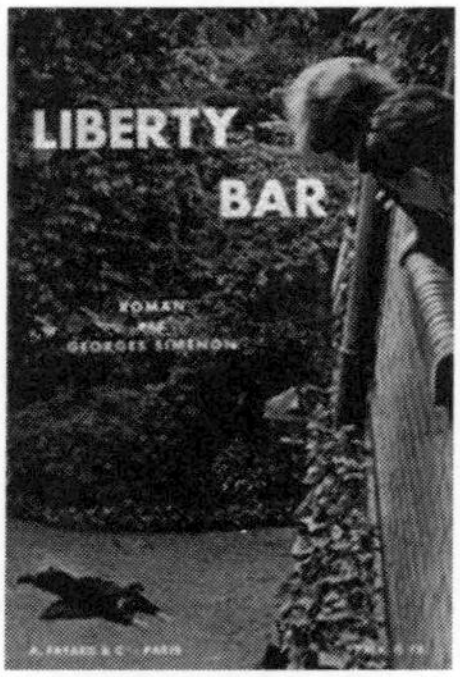

Liberty Bar
(*1932,Artheme Fayard*)

この作品は戦前に「自由酒場」の邦題で抄訳されており、メグレが登場しない犯罪小説「倫敦から来た男」とともに、一九三六年（昭和十一年）に『倫敦から来た男・自由酒場』の表題でサイレン社とアドア社から刊行された（どちらも同じ年に刊行されているが、アドア社からの再刊本では、江戸川乱歩と訳者の伊東鋭太郎による序文が追加されている）。それ以来、*Liberty Bar* の邦訳書は出ておらず、本書が本邦初の完訳となる。

国会図書館所蔵のサイレン社版を参照したところ、本筋には無関係な風景や情景の描写、登場人物の無駄口、キリスト教に関連する記述などが省略されていた。当時は翻訳に対する考え方が現代とは異なり、原文に忠実な訳し方より、読みやすさや面白さを重視する場合が少なくなかったようだ。

だが、ストーリー展開に直接関係がない描写であっても、背景の風土や文化、登場人物の人柄などを伝えるという意味がある。今回の完訳では、全体の雰囲気とリズムが尊重できたと思う。

百年近く前のフランスで書かれた作品ということもあり、現代の日本人にはなじみの薄い風物も登場する。読み進むうえで支障とならないよう、本文中の訳注は最低限にとどめたので、物語の背景や小道具について、ここで少々解説させていただく。

時代背景

原著の刊行年を考慮すると、この作品に描かれた時代は一九三〇年前後と思われる。第一次世界大戦と第二次世界大戦の狭間の時期だ。したがって、ブラウンが軍情報部で働いていたのは第一次世界大戦中ということになる。

この時代、すでに自動車が普及していたものの、まだ馬車も健在だった。第一章でメグレとブティーグは、アンティーブの駅前から馬車でブラウンの別荘に向かう。第五章でブラウンの棺を運ぶ霊柩車も馬車だ。

服装に関しては、男女ともに、外出するときは帽子をかぶるのがふつうだった。第六章でメグレがシルヴィに「帽子を脱いでいい」と言い、第十章にシルヴィが帽子を忘れているという記述があるのは、そのためだ。メグレもパリから山高帽をかぶって来た。

紺碧海岸

紺碧海岸はフランス語のCôte d'Azur《コートダジュール》の日本語訳（"Côte"が「海岸」、"Azur"が「紺碧」の意）。英語ではフレンチ・リヴィエラと呼ばれる。ちなみに、原著*Liberty Bar*の英訳版のタイトルは*Maigret on the Riviera*だ。

第八章に「カンヌに始まりマントンに終わる長い大通りで、六十キロメートルに及ぶその通りには」というくだりがある。マントンはフランスとイタリアの国境なので、コートダジュールの東端がマントンであることに異論はない。だが、西端に関しては明確に定まっておらず、カンヌより西のトゥーロンまで含めることもある。というのも、「コートダジュール」という呼称は行政上の地名ではないからだ。

この呼称は、作家ステファン・リエジャール（一八三〇～一九二五）の著書のタイトル*La Côte d'Azur*《ラ・コートダジュール》（一八八七年刊行）で初めて使われたらしい。リエジャールはディジョン出身で、カンヌに別荘を構えて冬を過ごしていたという。

カンヌは高級リゾートとして、また、映画祭の開催地として世界的に有名だが、本作は、華やかな表通りとはがらりと雰囲気の違う裏通りのバーを中心に展開する。

ヴァカンス

作品の冒頭で「ヴァカンス」という言葉が使われている。メグレも繰り返しぼやいているが、紺碧海岸《コートダジュール》に来たからには、（たとえ出張であれ、殺人事件の捜査であれ）否応なくヴァカンス気分になってしまうらしい。
現在、フランスはヴァカンスの国として名高い。だが、一般庶民にまでヴァカンスの習慣が定着したのは、一九三六年に人民戦線政府が制定した二週間の年休法（いわゆる「ヴァカンス法」）が契機だったとされる。*Liberty Bar* 刊行当時（一九三二年）は、まだ同法が制定されていなかったわけだ。メグレ夫人がまだ見ぬ紺碧海岸に憧れを抱くのも、本格的なヴァカンスが高嶺の花だったからかもしれない。

鉄道

現在、パリ～アンティーブ間の鉄道での所要時間は五時間台だが、本作では、メグレは「夜通し列車に揺られ」たうえ、アンティーブ駅に着いたのは午後のようで、かなりの長旅だったことがうかがえる。
年代から見て、メグレがパリから南仏への移動で利用したのはPLM（パリ・リヨン・地中海鉄道）という鉄道会社だったはずだ。同社を始めとする複数の鉄道会社が合併し、現存するSNCF（フランス国有鉄道）が発足したのは、原著刊行後の一九三八年のことである。

スロットマシン

第二章に「バーのカウンターに置いてあるスロットマシン」という記述がある。現代のゲームセンターなどで見かけるスロットマシンとはだいぶ大きさが違うらしい。一九三〇年代のスロットマシンをインターネットで画像検索してみたところ、たしかに卓上式で、アンティークのレジスターや電話機を思わせる外見だった。

ブラウンのコートのポケットから見つかったスロットマシンのチップは、メグレを〈リバティ・バー〉へと導く重要な手がかりとなる。

すみれ

第五章でシルヴィがすみれの花束をブラウンの墓に捧げ、第六章では少女がカフェにすみれの花束を売りに来る。このすみれは、日本に自生しているすみれとは別種の「ニオイスミレ（*Viola odorata*）」だと思われる。日本のすみれはいかにも野の花らしく、小さくてきゃしゃで、とても花束はつくれない。いっぽう、南仏で栽培されているニオイスミレは草丈が十五センチほどにもなる。写真で見ると、花は日本のすみれと同じ形だが大きくて色が濃く、茎も太い。束ねると、片手で持てるサイズの可憐な花束《ブーケ》となる。花は砂糖漬けなどの食用とされ、葉は香料の原料となるほか、やはり食用にもされる。その名のとおり芳香があり、かつては花から精油がつくられたが、現在では、すみれの花の香りはほとんど合成香料でまかなわれているそうだ。

温暖な南仏は古来、香料の原料となる花の産地として知られ、この作品でも、すみれとミモザが南仏の春を象徴する小道具となっている。

酒

本作の登場人物は、実によく酒を飲む。当時のフランスでは珍しくなかったのだろうが、昼間と言わず朝から一杯ひっかける姿には驚かされる。

冒頭でメグレが「仕方なく」飲むアニス酒（おそらくブティーグが率先して注文したものと思われる）はパスティスとも呼ばれ、南仏でよく飲まれるリキュールだ。水で割って食前酒《アペリティフ》とすることが多い。

第二章でメグレがスロットマシンを探してカンヌのカフェを巡るときには、午前中からベルモットを繰り返し注文している。

メグレはビール好きで、第八章ではカフェで夕食をとり、ビールを二杯飲んでいる。第四章でポルト酒の香りを「甘ったるい」としているので、甘口の酒は好みでないのかもしれない。

殺されたブラウンはオーストラリア出身のせいかウイスキーを好み、ジャジャも一緒にウイスキーを飲んでいたようだ。第十章では、シルヴィがジャジャのためにラム酒を持って来る。ブラウンもジャジャも、長年の飲酒がたたって健康を害していた。

ニースっ子の刑事、ブティーグもかなりの酒好きらしく、第五章では朝七時の起きぬけに、葬式が始まるのを待ちながら、カフェでラム酒を注文している。

ちなみに、第四章に登場する飲み物、ゲンチアナは、フランス語では「ジャンシャン」と発音される。「ジャジャ」との語呂合わせでは、と考えるのは深読みのしすぎだろうか。

食事

第八章でメグレがビールとともに注文するシュークルートは、彼の好物だ。夫人の出身地、アルザス地方の郷土料理でもある。第四章では宿の食堂で特製ブイヤベースを出されたのに、メグレは仕事に夢中で味をまったく覚えていない。地中海料理の本場まで来ていながら、パリでいつも食べているのと同じ料理を求めるあたりに、彼の保守的で頑固な味の好みと性格が表れているのではないだろうか。

ジャジャがつくるサラダに使われる大蒜《にんにく》と「果実の香りのするオリーヴ油」は、いかにも南仏らしい。

最終章で、まだ春浅いパリの自宅で夫人の手料理（鱈《たら》のクリーム煮）に舌鼓を打つメグレの姿は微笑ましく、捜査を終えて帰宅した安堵感がにじみ出ている。フランスの南部の料理ではおもにオリーヴ油が使われ、北部ではバターやクリームが使われる。さりげない描写のなかにも、地方色と主人公の好みが反映されている。

本作は、対比の物語と言えよう。

パリと南仏。司法警察局の警視メグレと地方警察の刑事。フランスとオーストラリア。父親と息子。中年の女と若い女。

舞台は三月の南仏だ。パリはまだ早春で木々の葉もまばらだが、紺碧海岸には陽光が燦々《さんさん》と降り注ぎ、ジュアン・レ・パンの浜は水着姿の人々で賑わう。パリから冬服でやってきたメグレは暑さとヴァカンスの雰囲気にうんざりし、やる気が起きずに苛立つ。いっぽう、地元警察のブティーグは上着のボタンに花を挿し、気楽に構えながら、暇さえあれば酒を飲んでいる。口数が少なめで重厚な印象のメグレに対し、ブティーグ刑事はおしゃべりでいささか軽薄な男として描かれている。

ウィリアム・ブラウンと息子ハリーの対比も鮮やかだ。誰もがヴァカンスをのんびりと楽しむ紺碧海岸にあっても、ハリーは一時たりとも無駄にせず、経済活動に勤しむ。ハリーの態度には謹厳実直を重んじるプロテスタントらしさがにじみ出ている。父ウィリアムも若い頃はハリーにそっくりだったが、紺碧海岸の虜《とりこ》となって家族を捨てる。そんな父を憎むハリーも、実は愛人を囲っていた。それをひた隠しにすることが、男女の恋愛に寛容なフランスで逆に物笑いの種になるというくだりにも、フランスと新世界の価値観の違いが表れている。

ウィリアムをめぐる四人の女のなかでは、プチ・ブルのマルティニ母娘と、社会の底辺に生きるジャジャとシルヴィが好対照を成す。ミモザの花咲く別荘に住む母娘と、港町の裏通りの薄暗いバーで、血縁がないのに肩を寄せ合うジャジャとシルヴィ。マルティニ母娘にとっては金づる的存在に堕したブラウンを、ジャジャは金目当てでなく心底愛するが、ブラウンは若いシルヴィに心を奪われる。皮肉にねじれた人間関係を描くのはシムノンの得意とするところだ。

さほど長くない物語のなかに、一人の男の栄華と没落、父親と息子の葛藤、男と女のままならない恋愛が巧みに描かれている。

タイトルにもなっている〈リバティ・バー〉は意味深長だ。直訳すれば戦前訳の邦題どおり「自由酒場」となる。ウィリアム・ブラウンが紺碧海岸に住み着いたのは、自由を求めたからかもしれない。

自由の代償として彼が支払ったものは何か。彼は後悔したことはなかったのだろうか。

名立たるリゾート地のカンヌとアンティーブが舞台でありながら、華やかな場面はなく、どちらかと言えば暗い話なのだが、読後感はけっして悪くない。メグレ物は謎解きよりも登場人物の心理描写を重視する傾向にある。この作品でも、犯人探しが眼目ならば、最終章は不要かもしれない。だが、メグレの大岡裁きとも言える決着のつけ方と、パリに帰宅したメグレと夫人の息の合った会話が、ほろ苦い後味をうまく口直ししてくれる。

本作には、パリ警視庁も、おなじみの部下の刑事たちも登場せず、派手な展開はないものの、メグレの魅力がいかんなく発揮されている。メグレの魅力とは、まず親しみやすさ、そして、庶民性だろう。

たとえば、名探偵の代表格であるシャーロック・ホームズは切れ味鋭い刃物のような印象だし、エルキュール・ポワロは風采も行動もややエキセントリックで、いずれも常人とは異なる人物として描かれている。そもそも、私立探偵という存在自体が現実離れしている。

それに対し、メグレは警察官だ。身長百八十センチメートル、体重百キロの堂々たる体軀ながら、朴訥とした男。才気走ったところはなく、じっと相手を観察し、状況を分析して真相を突き止める。それは希有な頭脳よりも人生経験のなせる業だ。頭ではなく心で事件を解決する、と言ってもいいかもしれない。

メグレは医師を志していたが、父親が亡くなったので学業を断念し、生計を立てるために警察官になったという設定だ。第七章で「学歴コンプレックス」から、ブラウンが「オックスフォード大学かケンブリッジ大学に通った」のではないかと憶測したり、最終章で「医学事典によれば」と語ったりするのは、そのあたりに由来すると思われる。エリートではなく、巡査から叩き上げて警視にまでなったという経歴や、組織のなかで働くサラリーマンでもあるところが、読者の共感や親近感を呼ぶのではないだろうか。

メグレのもう一つの魅力は父性あるいは包容力だ。メグレ警視には子供はいないが、パリ警視庁では刑事たちの頼もしい上司である。本作で娼婦シルヴィや酒浸りのジャジャにメグレが向ける眼差しには、ときに皮肉ながらもどこか優しい父親のようなものが感じられる。社会のあらゆる階層の人間と接してきた彼は、誰に対しても、つねに公平だ。地位が高い人間におもねりもしなければ、最下層の人間を見下《みくだ》しもしない。人間の本質を見抜く、人情味あふれるメグレには、人生の年輪を重ねてきた男ならではのどっしりした存在感がある。

余談だが、司馬遼太郎がメグレの大ファンだったことを、『読売新聞（夕刊）』二〇一四年九月十二日付の「ちきゅう時の散歩」欄で知った。センテンスが短く歯切れのよい文体は、シムノンと司馬に共通するように思える。

シムノンは実に多作な作家で、メグレ物のほかにも多数の小説を残している。手元にある

Liberty Bar の Le Livre de Poche 版（二〇一一年発行の三刷本、初版は二〇〇四年）の扉には、このペーパーバックに収められているメグレ作品の一覧が載っており、数えてみたら七十八冊リストアップされていた。邦訳のなかには残念ながら品切れの作品も多いが、フランス（およびフランス語圏）では、メグレは根強い人気を保っているようだ。

そんな数あるメグレ・シリーズのなかで日本のファンにとって幻の一冊だったこの作品を完訳という形で世に出すお手伝いができ、たいへん光栄である。

訳出にあたり、ＤＶＤソフト「新・メグレ警視　リバティー・バー」（ミシェル・ファヴァール監督、一九九七年）、『メグレ警視のパリ　フランス推理小説ガイド』（長島良三著、読売新聞社、一九八四年）ほかを参考にさせていただいた。

フランス語に関する質問に快くお答えくださったアリアンス・フランセーズ徳島のマリオン・ヴァンドケルコヴ館長、戦前訳をはじめ多数の資料をご提供くださった論創社の黒田明氏と林威一郎氏に深く感謝している。また、長年の翻訳仲間であるＮＣＴＧの皆さんにも、この場を借りて、心よりお礼を申し上げたい。どうもありがとうございました。

二〇一四年十一月三日

ジョルジュ・シムノン主要長編著書リスト

※原題後の（）には原書初版刊行年を記した。原題は仏版タイトルのみを表記し、別題も確認できた限り記している。学年誌付録のダイジェスト版も翻訳扱いとした。作品名や雑誌名は「」、書題は『』、シリーズ名や叢書名は〈〉で括った。

PIETR LE LETTON（1931）
「怪盗ルトン」松村喜雄・都筑道夫／共訳（「探偵倶楽部」一九五四年二月号）、「メグレ対怪盗」稲田由紀訳（「別冊宝石」第95号、一九六〇）、『怪盗レトン』木村庄三郎訳（創元推理文庫、一九六〇）、「メグレ対怪盗」稲田由紀訳（東都書房〈世界推理小説大系〉20『チャンドラー／シムノン』収録、一九六三）、「怪盗の二つの顔」内田庶訳（「中学二年コース」一九六七年二月号別冊付録〈中学生ワールド文庫〉『怪盗の二つの顔／赤い子馬』収録、一九六七）、『怪盗レトン』稲葉明雄訳（角川文庫、一九七七）、『怪盗レトン』木村庄三郎訳（旺文社文庫、一九七八）、『怪盗レトン』稲葉明雄訳（グーテンベルク21、Kindle、二〇一二）
MONSIEUR GALLET, DÉCÉDÉ【別表記 M.GALLET DÉCÉDÉ】（1931）
『ロアール館』山野晃夫訳（春秋社〈シメノン傑作集〉、一九三七）、『死んだギャレ氏』宗左近訳（創元推理文庫、一九六一）

LE PENDU DE SAINT-PHOLIEN【別表記 LE PENDU DE SAINT PHOLIEN】（1931）

伊東鋭太郎訳『聖《サン》フォリアン寺院の首吊男』（春秋社〈シメノン傑作集〉、一九三七）、伊東鋭太郎訳『聖《サン》フォリアン寺院の首吊男』（京北書房、一九四六）、『サンフォリアン寺院の首吊人』水谷準訳（雄鶏社〈雄鶏みすてりーず〉、一九五〇）、「サンフォリアン寺院の首吊人」水谷準訳（「別冊宝石」第32号、一九五三）、『サン・フォリアン寺院の首吊人』水谷準訳（角川文庫、一九五七）、「サン・フォリアンの首吊り男」三好格訳（中央公論社〈世界推理名作全集〉5『ベントリー／シムノン』収録、一九六〇）、「サン・フォリアンの首吊り男」三好格訳（中央公論社〈世界推理小説名作選〉『男の首／サン・フォリアンの首吊り男』収録、一九六二）、『首つり男の絵』税田武生訳（「中学二年コース」一九六四年冬休み臨時増刊号別冊付録、一九六四）、『サンフォリアン寺院の首吊り人』水谷準訳（グーテンベルク21、Kindle、二〇一三）

LA TÊTE D'UN HOMME（1931）

『モンパルナスの夜　―男の頭―』永戸俊雄訳（西東書林、一九三五）、『モンパルナスの夜』永戸俊雄訳（春秋社〈シメノン傑作集〉、一九三七）、『モンパルナスの夜』永戸俊雄訳（京北書房、一九四七）、『或る男の首』永戸俊雄訳（雄鶏社〈雄鶏みすてりーず〉、一九五〇）、『或る男の首』永戸俊雄訳（ハヤカワ・ポケット・ミステリ・ブック、一九五五）、『モンパルナスの夜』堀口大學訳（新潮社〈探偵小説文庫〉、一九五六）、「男の首」宮崎嶺雄訳（東京創元社〈世界推理小説全集〉19『男の首　黄色い犬』収録、一九五六）、『或る男の首』堀口大學訳（新潮文庫、一九五九）、「男の首」宮崎嶺雄訳（創元推理文庫『男の首』収録、一九五九↓後に書題を『男の首　黄色い犬』と変更）、「男の首」宮崎嶺雄訳（東京創元社〈世界名作推理小説大系〉3『黄色い部屋の謎／男の首／黄色い犬』収録、一九六〇）、「男の首」三好格訳（中央公論社〈世界推理名作全集〉5『ベントリー／シムノン』収録、一九六〇）、「男の首」三好格訳（中央公論社〈世界推理小説名作選〉『男の首／サン・フォリアンの首吊り男』収録、一九六二）、『男の首』宗左近訳（角川文庫、一九六三）、「ある男の首」石川湧訳（講談社〈世界推理小説大系〉7『僧正殺人事件／ある男の首』収録、一九七二）、『男の首』木村庄三郎訳（旺文社文庫、一九七七）、『ある死刑囚の首』矢野浩三郎訳（〈文研の名作ミステリー〉9、一九七七）

LE RELAIS D'ALSACE（1931）

『山峡の夜』伊東鋭太郎訳（春秋社、一九三六）、『山の十字路』伊東鋭太郎訳（春秋社〈シメノン傑作集〉、一九三七）、「山峡の夜」伊東鍈太郎訳（「探偵倶楽部」一九五四年十二月号）、『アルザスの宿』原千代海訳（創元推理文庫、一九六〇）

LE CHIEN JAUNE（1932）

『黄色い犬』別府三郎訳（黒白書房〈世界探偵傑作叢書〉11、一九三六）、『黄色い犬』永戸俊

雄訳（雄鶏社〈雄鶏みすてりーず〉、一九五〇）、『黄色い犬』永戸俊雄訳（ハヤカワ・ポケット・ミステリ・ブック、一九五〇）、「黄色い犬」宮崎嶺雄訳（東京創元社〈世界推理小説全集〉19『男の首　黄色い犬』収録、一九五六）、「黄色い犬」宮崎嶺雄訳（創元推理文庫『男の首』収録、一九五九→後に書題を『男の首　黄色い犬』と変更）、「黄色い犬」宮崎嶺雄訳（東京創元社〈世界名作推理小説大系〉3『黄色い部屋の謎／男の首／黄色い犬』収録、一九六〇）、『黄色い犬』中島昭和訳（角川文庫、一九六三）、『黄色い犬』矢野浩三郎訳（集英社〈ジュニア版世界の推理〉10、一九七二）、『死を呼ぶ犬』藤原宰太郎訳（秋田書店〈世界の名作推理全集〉6、一九七三）、『黄色い犬』木村庄三郎訳（旺文社文庫、一九七六）、『死を呼ぶ犬』藤原宰太郎訳（秋田書店〈世界の名作推理全集〉6、一九八三）

LE PASSAGER DU POLARYS（1932）【別表記 LE PASSAGER DU "POLARYS"】

「北氷洋逃避行」伊東鋭太郎訳（春秋社『山峡の夜』収録、一九三六）、「北氷洋逃避行」伊東鋭太郎訳（京北書房『倫敦から来た男』収録、一九四六）、「北海の惨劇」伊東鍈太郎訳（京北書房『運河の秘密』収録、一九五二）

LES FIANÇAILLES DE M. HIRE（1933）

『仕立て屋の恋』高橋啓訳（ハヤカワ文庫、一九九二）

L'ÂNE ROUGE（1933）

「赤いロバ」松村喜雄訳（「探偵倶楽部」一九五五年六月号～八月号）

MAIGRET（1933）

「幕を閉じてから」松村喜雄訳（「探偵倶楽部」一九五三年十一月号）、『メグレ再出馬』野中雁訳（河出書房新社〈メグレ警視シリーズ〉49、一九八〇）

L'HOMME DE LONDRES（1934）

「倫敦から来た男」伊東鋭太郎訳（サイレン社『倫敦から来た男』収録、一九三六）、「倫敦から来た男」伊東鋭太郎訳（アドア社『倫敦から来た男・自由酒場』収録、一九三六）、「倫敦から来た男」伊東鋭太郎訳（春秋社〈シメノン傑作集〉『ロンドンから来た男』、一九三七）、『倫敦から来た男』伊東鋭太郎訳（富文館、一九三七）、『倫敦から来た男』伊東鍈太郎訳（京北書房、一九四六）、『倫敦から来た男』長島良三訳（河出書房新社〈シムノン本格小説選〉、二〇〇九）

LE TESTAMENT DONADIEU（1937）

『ドナデュの遺言』手塚伸一訳（集英社〈シムノン選集〉11、一九七〇）、「ドナデュの遺書」手塚伸一訳（集英社〈世界文学全集〉42『ドナデュの遺書』収録、綜合社・編、一九七五）、

『ドナデュの遺書』手塚伸一訳（集英社文庫、一九七九）

L'HOMME QUI REGARDAIT PASSER LES TRAINS（1938）

「汽車を見送る男」菊池武一訳（新潮社〈現代フランス文学叢書〉『汽車を見送る男』収録、一九五四）

LA MARIE DU PORT（1938）

『港のマリー』飯島耕一訳（集英社〈シムノン選集〉9、一九七〇）

LA FUITE DE MONSIEUR MONDE

【別題 LA FUITE DE M.MONDE、LA FUÎTE DE MR.MONDE】（1945）

『モンド氏の失踪』長島良三訳（河出書房新社〈シムノン本格小説選〉、二〇一一）

TROIS CHAMBRES À MANHATTAN（1960）

『マンハッタンの哀愁』長島良三訳（河出書房新社〈シムノン本格小説選〉、二〇一〇）

LA NEIGE ÉTAIT SALE（1948）

『雪は汚れていた』永戸俊雄訳（ハヤカワ・ポケット・ブック〈シメノン選集〉、一九五五）、

『雪は汚れていた』三輪秀輪訳（集英社〈シムノン選集〉1、一九六九）、『雪は汚れていた』三輪秀彦訳（ハヤカワ文庫、一九七七）

LE TEMPS D'ANAÏS（1951）

『過去の女』松村喜雄訳（ハヤカワ・ポケット・ブック〈シメノン選集〉、一九五五）、『娼婦の時』日影丈吉訳（ハヤカワ・ポケット・ミステリ・ブック）、一九六一）、『アナイスのために』小佐井伸二訳（集英社〈シムノン選集〉3、一九六九）

EN CAS DE MALHEUR（1956）

『可愛い悪魔』秘田余四郎訳（ハヤカワ・ポケット・ミステリ・ブック、一九五八）、『かわいい悪魔』中村真一郎訳（集英社〈シムノン選集〉8、一九七〇）

LE TRAIN（1961）

『離愁』谷亀利一訳（ハヤカワ文庫、一九七五）

LA CHAMBRE BLEUE（1964）

『青の寝室　激情に憑かれた愛人たち』長島良三訳（河出書房新社〈シムノン本格小説選〉、二〇一一）

LE PETIT SAINT（1965）
『ちびの聖者』長島良三訳（河出書房新社〈シムノン本格小説選〉、二〇〇八）
LE CHAT（1967）
『猫』三輪秀彦訳（創元推理文庫、一九八五）
MAIGRET ET MONSIEUR CHARLES（1972）
『メグレ最後の事件』長島良三訳（河出書房新社〈メグレ警視シリーズ〉36、一九七八）

参考資料

・海外ミステリ総合データベース　ミスダス
http://www.ne.jp/asahi/mystery/data/index.htm
・『探偵雑誌目次総覧』（日外アソシエーツ、山前譲・編／ミステリー文学資料館・監修、二〇〇六）
・『【カラー版】ジョルジュ・シメノン書影&作品目録』（湘南探偵倶楽部・発行、二〇一三）

〔訳者〕
佐藤絵里（さとう・えり）

東京外国語大学外国語学部フランス語学科卒業。英語、仏語の翻訳を手がける。訳書に『フォトグラフィー　世界の香水：神話になった65の名作』（原書房）、『シリアル・キラーズ・クラブ』（柏艪舎）、『新訳 グレート・ギャツビー』（共訳、バベルユニバーシティプレス）、『アメリカミステリ傑作選 2003』（共訳、DHC）がある。

紺碧海岸《こんぺきかいがん》のメグレ
——論創海外ミステリ 140

2015年1月30日　初版第1刷発行
2016年7月10日　初版第2刷発行

著　者　ジョルジュ・シムノン
訳　者　佐藤絵里
装　画　佐久間真人
装　丁　宗利淳一
発行所　論　創　社
〒101-0051 東京都千代田区神田神保町2-23 北井ビル
電話 03-3264-5254　振替口座 00160-1-155266

印刷・製本　中央精版印刷
組版　フレックスアート

ISBN978-4-8460-1392-9
落丁・乱丁本はお取り替えいたします